NOUVELLES D'ALGÉRIE

MAÏSSA BEY

NOUVELLES D'ALGÉRIE

BERNARD GRASSET
PARIS

Tous droits de traduction, de reproduction et d'adaptation
réservés pour tous pays.

© *1998, Éditions Grasset & Fasquelle.*

À ma mère

« Je cherche la région cruciale de l'âme où le mal absolu s'oppose à la fraternité. »

André MALRAUX.

Préface

Voici des nouvelles d'Algérie. Nouvelles écrites en ce temps où le souffle de la mort taillade à vif la lumière de chaque matin. Textes écrits dans l'urgence de dire, la nécessité de donner la parole aux mots, mais qui en même temps, je veux le croire, ne sont pas seulement une litanie de malheurs déclinée au quotidien, parce qu'écrits dans le désir désespéré de croire que tout est encore compréhensible, sans avoir toutefois la prétention de croire que j'ai compris.

Pour pouvoir écrire ce livre, il m'a fallu un jour regarder en face ce que jusqu'alors je n'avais pu imaginer, non, pas même imaginer, sans peur et sans souffrance. J'ai dû alors lutter contre la tentation du silence, aller à la rencontre de ma peur, l'affronter et essayer de la faire plier sous le poids des mots. Expérience difficile s'il en est, que celle de trouver les mots pour dire l'indicible, de puiser en moi les ressources les plus profondes pour donner corps à des personnages que je me vois obligée de qualifier, comme il se doit, d'imaginaires. Cependant, au risque de répéter ce qui pour beaucoup n'est plus qu'une formule usée, je dois préciser que toute ressemblance avec des personnages ayant existé ou existants n'est pas fortuite. Et mes personnages me semblent aujourd'hui plus familiers et plus proches, presque plus réels que ceux que je côtoie tous les jours. Peut-être est-ce parce que je me suis retrouvée en eux. Je me suis attachée à présenter des hommes et des femmes, des femmes surtout, pris dans les rets d'une Histoire qui ne retiendra pas leurs noms. Faut-il le dire, ces personnages ne sont pas des héros, ils sont ce que nous sommes : des êtres en quête d'eux-mêmes qui s'interrogent sur leurs peurs, sur leur lâcheté, sur le sens à donner à leur vie quand tout autour d'eux se décompose et n'est plus que haine nue et violence aveugle. Qui essaient aussi de construire ou de reconstruire un présent sur l'absence irrémédiable, sur la déraison des choses, sur les bonheurs refusés ou passés au crible d'un quotidien de moins en moins supportable.

Fragments de vie ciselés au burin de mes angoisses, éclats de voix au seuil de la folie, bouches fermées où tremble le cri ou le sanglot retenu au creux de ces pages, chaque instant de ces vies ne peut s'inscrire que comme une pulsation de la mémoire de tout un peuple que l'on voudrait réduire au silence.

« Attends-moi, attends-moi... » Elle court, mais elle n'arrive pas à rattraper son frère. Il ne l'entend pas. Au-dessus d'eux, jailli d'elle ne sait où, un cri vient de déchirer le silence. Un long cri, sauvage, interminable. Elle court derrière lui, de toute la force de ses petites jambes, mais il est déjà loin. C'est qu'il est plus grand qu'elle, il a neuf ans. Et puis, c'est un garçon. Il passe son temps à courir avec ses copains dans la rue, pendant qu'elle joue à la poupée en bas de l'immeuble, toujours à portée de voix et de regard de sa mère. Elle, elle n'a que six ans, et puis elle n'a pas compris tout de suite, elle n'a rien compris encore d'ailleurs, elle le suit, c'est tout, comme d'habitude. Elle voudrait seulement que ce cri qui lui déchire les oreilles s'arrête. Que son frère aussi s'arrête de courir, qu'il l'attende. Elle a beau l'appeler, il ne se retourne pas, il n'entend rien d'autre que ce cri. Elle n'a pas encore traversé la cour étrangement déserte et silencieuse, qu'il a disparu en haut des escaliers comme happé par ce cri dont il a immédiatement su d'où il venait. Au pied des marches, elle s'arrête. Parce que son frère a disparu, parce que son cœur bat trop fort, qu'elle ne peut plus respirer et que le cri maintenant s'enfle en un trille démesuré. Soudain, elle ne peut plus bouger. Elle veut avancer, mais ses jambes ne lui obéissent plus. Quelque chose de plus fort que sa volonté la cloue au sol et ses pieds, son corps tout entier, sont retenus par des milliers de fils invisibles. Elle retrouve en cet instant une sensation à la fois effrayante et familière, un peu comme dans ce rêve qu'elle fait souvent, où, poursuivie par des êtres sombres et grimaçants, des monstres, elle ne peut s'enfuir. Mais, la nuit, quand elle se réveille en hurlant de peur, sa mère accourt tout de suite auprès d'elle, elle sait l'apaiser, la rassurer, à force de baisers et de tendresse. Et là, maintenant, elle est seule. Elle réussit enfin à lever un bras, puis l'autre. Elle s'accroche à la rampe. Les marches se déforment sous ses yeux, elle ne sait pas où poser le pied, elle s'enfonce, tandis que le cri, un instant arrêté, reprend, se module en variations stridentes puis en sons articulés mais inintelligibles.

Elle finira par les monter ces marches. Elle ne sait comment. Très vite peut-être ou très lentement, une à une. Elle n'en a pas souvenir. Des blancs dans sa mémoire. Mais il est là, devant elle, le visage de sa mère. Méconnaissable, lacéré, souillé de larmes de sang. Son corps qui se balance de droite à gauche, tel celui d'un automate détraqué. Et ses yeux. Ses yeux qui se posent sur elle sans la voir, sans la reconnaître. La petite fille recule, se détourne, se plaque contre le mur, tandis que ses genoux fléchissent. Le rêve est trop effrayant, il faut qu'elle se réveille, qu'elle s'échappe... peut-être qu'en fermant les yeux... Déjà, la nuit dernière, quand ces hommes sont venus emmener son père, elle avait réussi à croire, malgré les coups violents frappés à la porte, malgré les cris et les supplications désespérées de sa mère qui se traînait à leurs pieds, malgré les sanglots et les lamentations de sa grand-mère qui l'avait serrée très fort contre elle pour l'empêcher de voir et d'entendre, de se lever pour essayer de retenir son père, elle avait réussi à croire que ce n'était qu'un rêve, et elle s'était rendormie, bercée jusqu'au matin.

Et puis, le jour venu, on l'avait envoyée jouer dehors, sous la surveillance de son grand frère. Elle avait bien compris que ce n'était pas un jour comme les autres : déjà, le visage de sa mère, gonflé de larmes, et tous ces hommes qui allaient et venaient, qui entraient chez eux sans frapper ; des policiers, lui avait dit son frère, mais elle ne l'avait pas cru ; ils ne portaient pas d'uniformes, ils étaient gentils avec elle et lui caressaient la tête en passant. Elle n'avait pas posé de questions, pressentant sans doute obscurément que la réponse viendrait assez vite. Peut-être même ne voulait-elle pas entendre les mots qui auraient donné corps à son rêve, mais qui déjà se frayaient un chemin jusqu'à sa conscience.

Elle redescend maintenant, poursuivie par le cri, jusque dans le coin sombre, en bas, sous les escaliers, là où elle a l'habitude de se réfugier quand elle joue à cache-cache avec les autres enfants. Elle s'assoit sur le sol froid, glacé, se recroqueville toute, porte les mains à ses oreilles, en appuyant très fort. Elle ferme les yeux, et essaie, essaie désespérément de tout oublier, de tout abolir. Parce que, même si elle n'a que six ans, elle sait que c'est comme ça la mort, c'est son père qui le lui avait expliqué un jour. C'est quand on dort au fond d'un trou creusé dans la terre, et qu'on ne peut plus se réveiller. La mort, ce n'est qu'un long sommeil, et elle veut elle aussi mourir un petit peu, comme son père.

Peut-être a-t-elle traversé ainsi des frontières et des frontières, parcouru de grands territoires sombres et hérissés de ces peurs à jamais indicibles, jusqu'au seuil du néant. Elle en est revenue cependant.

Elle va rester là, dans son trou à elle, des heures entières, jusqu'au soir. On ne la cherche pas. Sa mère ne s'inquiète pas. Et la fillette, transie de froid et de douleur, de peur aussi, immobile dans le recoin sombre, en bas, sous les escaliers, ne peut pas oublier. Elle entend au-dessus de sa tête le bruit incessant des pas. Il vient du monde, beaucoup de monde chez eux. Et le cri ne s'arrête que pour mieux renaître. D'autres hurlements feront écho à celui de sa mère. Seule dans sa cachette obscure, la petite fille dont personne ne s'inquiète ne pleure pas. Elle a mal, très mal, mais elle ne sait pas où. C'est dans sa tête. Dans son corps. C'est quelque chose qui s'écoule d'elle, un peu de son enfance peut-être. Quelque chose qui la quitte. Et cela fait un vide.

Elle va finir par s'endormir. Les enfants finissent toujours par s'endormir. Et elle se retrouvera, le lendemain, elle ne sait pas comment, dans une autre maison, couchée dans un lit qui n'est pas le sien. Non, elle ne sait pas comment, mais ce n'est qu'un blanc, un autre blanc dans sa mémoire.

Elle est sortie tôt ce matin. Le jour se lève à peine, et déjà quelques lumières brillent aux fenêtres. C'est l'heure où la cité encore sombre et tiède de sommeil semble sortir paresseusement de ses rêves, avant de s'installer dans la lumière cruelle du jour. Quelques rares passants martèlent le silence de leurs pas pressés. Elle s'arrête devant la petite boutique déjà ouverte à cette heure matinale. Elle attend que les caisses de pain et de lait, les journaux soient déchargés de la camionnette, puis elle se sert, sans un mot : un sachet de lait, un pain, un seul dorénavant, les trois journaux habituels, dépose sur le comptoir quelques pièces, attend la monnaie et s'en va très vite, pressée de revenir chez elle.

Elle s'installe dans la cuisine, à sa place habituelle. Elle n'allume pas la lumière, elle sait maintenant que l'aube se dissipe très vite, et, assise en face de la fenêtre ouverte, elle attend que le premier rayon de soleil glisse jusqu'à elle. Jusqu'à la page du journal qu'elle a machinalement déplié sans même avoir la curiosité de lire les titres. Le jour commence. Assia lève les yeux. En face d'elle, entre les arêtes blanches des deux immeubles qui barrent son horizon, il est là, son tout petit bout de mer. Une ligne seulement, un peu plus bleue que le ciel. Quelques centimètres, oubliés là, comme par mégarde. C'est vivant, sombre quelquefois, c'est quelque chose qui palpite, et c'est toujours là que ses yeux se portent dès qu'elle ouvre la fenêtre le matin. Même s'il fait encore nuit et qu'elle ne voit pas la mer, elle la sent, elle reconnaît sa respiration, un souffle familier qui rythme désormais la solitude de ses nuits. Dès le premier jour, lorsqu'ils avaient emménagé dans cet appartement, elle avait immédiatement saisi cette présence. « Viens voir, elle avait presque crié, d'ici on peut voir la mer ! » Réda avait souri, amusé par son emportement puéril.

Le matin est encore silencieux. Le soleil avance sur son bras immobile, presque engourdi. Légers tourbillons de chaleur dans l'air, vibratiles, à peine perceptibles. Elle ne bouge pas. Son bras est inerte, mais il est vivant et chaud, tout son corps est vivant et chaud.

Tout à coup, elle se met à trembler...

Le sang qui coule d'une blessure est vivant et chaud aussi. Le sang a giclé sur ses mains, sur ses bras, jusque sur ses seins, lorsqu'elle s'est penchée sur lui. Dans un réflexe absurde, dérisoire, elle a posé sa main sur le trou pour arrêter le sang, pour retenir la vie qui s'en allait à gros bouillons. Un trou, juste au-dessus du col blanc de la chemise, là où la peau est si tendre sous les lèvres. Et le ciel a basculé dans le cri rauque de Réda, dans ses yeux révulsés, dans ce geste exténué qu'il a eu pour tendre les mains vers elle. Comme pour lui dire de s'en aller, de le laisser aller.

Elle ne peut plus rester immobile. Elle se lève. Il faut qu'elle bouge, qu'elle secoue cette torpeur qui de plus en plus souvent l'envahit. Elle sort de la cuisine. S'occuper. Mais que pourrait-elle faire dans cette maison vide où elle se sent inutile ? Ranger ? Elle n'en a pas la force, pas encore. Elle ouvre la porte de la chambre. Le lit est trop grand, il prend presque toute la place. Trop grand pour elle. Elle a déserté le lit, la chambre, elle dort sur le canapé du salon, la télévision allumée toute la nuit, images qu'elle regarde, mais dont elle ne saisit pas le sens, mais qui peuplent les heures où trop de silence aiguise la peur, fait déborder la souffrance.

Sur le bureau, près du lit, le désordre intact des papiers. Des factures, des dossiers. Il est parti sans avoir eu le temps de ranger, de trier, de classer… lui si soigneux.

Elle ne veut pas y toucher. À quoi bon ? D'avance elle sait qu'elle n'y trouvera rien, rien de personnel, rien de ce qu'elle cherche.

Pas même un griffonnage dans la marge d'un carnet. Elle avait eu autrefois ces réflexes de femme jalouse. Jalouse d'un passé qui lui échappait dans le silence buté de cet homme qui se dérobait à ses questions. Ce qu'elle sait de lui, elle l'a découvert par bribes, par recoupements. Par personnes interposées. Ses frères, sa sœur, évoquaient parfois devant elle des souvenirs d'une enfance dont il ne voulait pas parler. Une enfance qu'il qualifiait de banale. Il disait, tout de suite agacé par son insistance : « que veux-tu savoir ? », et elle ne pouvait même pas dire : parle-moi de toi, dis-moi qui tu es, elle n'osait pas, rebutée par le ton excédé qu'il savait prendre, et elle n'a rien à quoi se raccrocher aujourd'hui, rien que la suite étale de leur passé commun.

Tout ce qui reste est là, sur ce bureau déjà recouvert de poussière. Il y a aussi ses vêtements dans l'armoire, son odeur. Il faudra qu'elle vide, qu'elle range, elle va charger son beau-frère de tout emporter, de tout donner, peut-être voudra-t-il garder pour lui quelques-uns de ses costumes, de ses chemises...

Le sac qu'il avait préparé est encore posé près de l'armoire. Quelques vêtements pour quelques jours seulement.

*

« Prépare tes affaires ! On s'en va ! »
Ses affaires ? Quelles affaires ? Pour aller où ? Pour combien de temps ? Elle tournait autour de lui, elle ne savait pas... Il la bousculait, s'emportait. Par quoi commencer ? Il avait ouvert l'armoire et jetait dans un sac un costume, des chemises, des sous-vêtements, sans prendre la peine de les plier. Elle avait chaud dans sa veste qu'elle n'avait pas ôtée. Elle allait sortir quand il était revenu, et elle avait ouvert la porte, étonnée, elle ne l'attendait pas si tôt. Elle le regardait faire, sans arriver à esquisser le moindre geste. Puis elle est sortie de la chambre, a fait quelques pas dans le couloir pour aller chercher quelque chose... mais quoi ? Elle ne s'en souvenait plus et restait debout, immobile.

« Assia, viens ici ! Assieds-toi et écoute-moi. Surtout ne me pose pas de questions ! »

NOUVELLES D'ALGÉRIE

Elle s'est assise sur le lit et a serré très fort ses mains l'une contre l'autre, pour les empêcher de trembler. Essayé aussi de ne pas entendre les battements de son cœur qui cognait trop fort dans sa poitrine.

« Il faut qu'on parte, tout de suite, pas une minute à perdre ! Je suis venu te chercher, je n'aurais même pas dû... Voilà, c'est mon tour maintenant, on m'avait prévenu mais... c'est la deuxième lettre que je reçois, avec le verdict cette fois... condamné à mort sur ordre de l'émir* !... Ils veulent m'abattre... on vient de me le confirmer. Je suis le prochain sur la liste. Ne me demande pas pourquoi... je ne sais pas moi-même. On va aller chez Malek, mon frère, pour deux ou trois jours... une semaine tout au plus, après on verra. Il nous attend. Ne pose pas de questions, on n'a pas le temps, je t'expliquerai plus tard. Allez, lève-toi, vite ! Prépare-toi ! »

Elle s'est levée, machinalement, elle a obéi. Il savait donc. Depuis longtemps peut-être. Il ne lui avait rien dit. Et elle n'avait rien vu,

---

* *Émir* : chef spirituel chargé des sentences. Seul l'émir a le droit d'émettre des fatwas.

rien deviné... Il lui avait paru simplement un peu plus préoccupé depuis quelques jours, un peu plus silencieux qu'à son habitude. Mais elle avait mis cela sur le compte d'une fatigue passagère, des soucis professionnels, un moment de dépression. Ils étaient tous déprimés. Qui ne le serait pas avec les agressions incessantes qu'ils devaient subir, toute cette violence, ces morts, ces massacres presque quotidiens...

Ainsi, il lui avait caché qu'il était menacé, plus encore, condamné à mort. Il s'était un peu plus refermé, il ne la croyait pas capable de... Elle essayait de comprendre, mais elle avait du mal à ordonner ses pensées. Pourquoi lui ? Seulement parce qu'il travaillait « pour le gouvernement », et qu'il était donc, dans la logique de ceux qui l'avaient condamné, au service du pouvoir ? Elle ne voyait pas d'autre raison. Il était un traître à leurs yeux. C'était la seule raison et cela pouvait suffire à faire de lui un traître, un homme à abattre ! Pourtant, il n'occupait pas un poste très important au ministère ! Il n'avait ni chauffeur ni voiture de service, mais pour les gens dans la cité, il était « quelqu'un », une personne bien placée qu'ils sollicitaient parfois pour des interventions. Hafid, l'un de ses collègues, avait déjà payé de sa vie le fait de continuer à aller travailler au ministère, malgré les interdictions et les menaces. Réda savait qu'il risquait lui aussi d'être repéré, il s'y attendait même un peu, ils en parlaient parfois entre eux, comme ça, sans trop y croire, mais il avait gardé pour lui sa peur, ses angoisses, il n'avait pas voulu l'inquiéter... Oui, bien sûr, elle aurait été folle d'inquiétude, elle l'aurait harcelé, elle l'aurait pressé de questions, elle n'aurait jamais pu supporter de rester un instant de plus dans cette maison, à attendre la mort, sans même savoir d'où elle pourrait venir.

Il était debout, près du bureau. Il avait ouvert les tiroirs et cherchait des papiers. Il ne s'était même pas retourné vers elle pour lui parler.

« Et si je restais là moi ? Le temps de tout ranger, de préparer... »

Elle a dit ça très vite, sans réfléchir. Tout quitter, comme ça, si vite, non, elle ne voulait pas partir... Elle avait mal à la tête, brusquement. Un battement lancinant aux tempes.

Elle s'appuyait contre le mur, se retenait au chambranle de la porte pour ne pas se laisser glisser, comme elle en avait envie, doucement, en fermant les yeux, juste fléchir les genoux, se laisser aller, pour se débarrasser de cet étau qui l'empêchait de réfléchir, de trouver les mots pour expliquer.

« Tu es folle ? Tu veux rester seule ici ? Tu ne les connais pas ! Ils sont capables de tout ! Tu ne sais pas que nous sommes surveillés maintenant ? Jour et nuit ! »

Il est allé à la fenêtre, a écarté le rideau d'un geste rageur.

« Viens voir ! Regarde tous ces jeunes debout presque à chaque coin ! Il y a ceux de la cité et les autres, qui viennent se mêler à eux, tranquillement, discrètement, sans se faire remarquer. Tu les vois tous les jours, n'est-ce pas ? Tu sais ce qu'ils font là toute la journée ? Rien ! Ils n'ont rien à faire ! Jusqu'à ce qu'on vienne leur proposer de rester là, justement, à ne rien faire, rien d'autre que surveiller quelqu'un, on ne leur dira même pas pourquoi, surveiller ses allées et venues, un petit service, en échange de quelques dinars, juste de quoi acheter leurs cigarettes ou leurs cachets*... Je ne les connais pas. Eux non plus... ils ne connaissent même pas mon nom, j'en suis sûr... mais ils seraient prêts à tout si on les payait. »

Elle ne lui connaissait pas cette violence, cette voix. Même quand il s'emportait contre elle, ce qui lui arrivait assez rarement, elle ne lui en donnait pas l'occasion, il gardait le contrôle de sa voix, de ses gestes. Il paraissait encore plus calme à ces moments-là, se figeant dans une colère contenue, plus difficile à affronter qu'une violente tempête, et bien souvent, il n'avait qu'à hausser le ton, oh, à peine, pour qu'elle baisse la tête, qu'elle élude... D'ailleurs, ils ne se disputaient pas, ils se taisaient. Leur couple n'avait jamais connu ces éclats qui font retomber la colère et dissipent les nuages. Elle redoutait les silences hostiles qui pouvaient se prolonger pendant des semaines et elle cédait toujours la première...

---

* Comprimés de tranquillisants ou neuroleptiques d'usage courant chez les jeunes et dont la prise peut provoquer les mêmes effets qu'une drogue.

Debout contre la porte, elle le regardait. Elle avait l'impression étrange de se sentir chanceler, comme si le sol se dérobait sous ses pieds et que toutes ses certitudes volaient en éclats, se désagrégeaient. Lui, si fort, si sûr de lui, un roc que rien n'avait pu ébranler jusqu'à ce jour! C'est ce qu'elle croyait, ce qu'elle avait toujours cru... Ainsi, il avait peur. C'était la peur qui donnait cette violence à sa voix et marquait son visage qu'il détournait, pour qu'elle ne puisse pas voir les ravages de ce sentiment nouveau pour lui, pour elle, et qu'il ne pouvait pas contrôler, là, devant elle.

Elle le regardait aller et venir à grands pas dans la chambre, prendre des papiers, des livres sur le bureau et les fourrer dans son cartable, fébrilement.

Elle n'avait plus qu'à obéir. Comme toujours.
Elle s'est dirigée vers l'armoire aux portes grandes ouvertes, a détaché une robe d'un cintre. Et puis une jupe. Comme ça... au hasard... des affaires... Pour combien de temps ? Elle s'est retournée vers lui pour lui

poser la question. Il était assis sur le lit, la tête entre les mains. Il réfléchissait. Il lui tournait le dos.

« Finalement, je vais rester. »

Elle avait le cœur qui battait tout de même un peu. Un peu moins fort cependant. Mais elle n'avait plus mal à la tête. Et contre toute attente, il se taisait. Elle ne voyait que sa nuque, ses cheveux noirs striés de fils blancs, argentés, et ses épaules, peut-être un peu plus tassées.

« Je te rejoindrai plus tard, ce soir ou demain, je verrai... »

Elle ne savait même pas s'il l'écoutait, s'il l'avait entendue. Elle a continué « Il vaut mieux que tu t'en ailles tout de suite, le plus vite possible... avant qu'ils... » Le mot est resté coincé dans sa gorge. Tuer, abattre, descendre, supprimer... combien de mots pour dire la même chose, des mots usés à force d'être lus et entendus, comme dans ces films d'action trop violents et qu'elle refuse de voir. Mais ce n'était pas un film. Elle avait devant elle un homme, son mari, condamné à mort par un tribunal fantôme devant lequel il n'avait même pas eu à comparaître, et elle lui parlait comme jamais elle ne l'avait fait, comme si quelque chose d'autre, de plus important pour elle, était en train de se jouer là, à cet instant précis.

« Comme tu voudras. Si tu te décides, tu n'auras qu'à téléphoner à Malek. Il viendra te chercher. »
Sa voix à présent était vide de toute expression. De tout sentiment a-t-elle pensé fugitivement. Comme s'il était déjà loin, ailleurs, dans un monde où plus rien ne pouvait l'atteindre ou le surprendre. Il s'était levé en parlant. Il a pris son cartable posé sur le bureau, son sac, et il est passé devant elle pour sortir de la chambre. Il paraissait épuisé, comme au sortir d'un combat. Avait-elle remporté une victoire ? Elle n'en était même pas sûre. Que voulait-elle au juste ? Elle avait obtenu de rester. Pourquoi y tenait-elle tant ? Si au moins elle le savait...

On ne peut pas confondre le bruit d'une porte que l'on referme, même si cette porte est en fer, même si elle est claquée très vio-

lemment, avec celui d'une détonation. C'est pourtant ce qu'elle a pensé tout de suite, très vite, avant la deuxième détonation. Et puis il y a eu ce grand vide effrayant, ces quelques secondes que l'on essaie de retenir de toutes ses forces, ce temps arrêté où l'on croit, où elle a cru de tout son être... non ce n'est pas possible, pas ça, non, il va remonter, il va rentrer, pour me rassurer, pour me dire que ce n'est rien, ce laps de temps, très court, un battement de cils, ces quelques instants suspendus devant soi, auxquels on s'accroche, contre toute évidence, avec déjà, au fond de soi, quelque chose qui se défait très vite, et déjà le cœur qui sait et la raison qui vacille.
Ils étaient là. Ils l'attendaient.

*

Elle lui parle maintenant. Elle sait qu'il n'est plus là pour l'écouter et la reprendre, et c'est pour cela qu'elle peut lui parler. Elle lui dit tous les mots qu'elle avait préparés pour essayer de justifier sa décision, son refus de le suivre, ces mots qu'elle n'a pas eu le temps ou la force de lui dire avant qu'il sorte. Et elle se surprend parfois à les répéter à voix haute, comme s'il pouvait l'entendre. Tu sais, je voulais seulement rester dans notre maison, on ne pouvait pas partir tous les deux, tout abandonner comme ça, du jour au lendemain... Le plus urgent était que tu sois à l'abri, toi. C'était la seule chose qui comptait pour moi. Et puis seul, tu aurais été plus libre. Je ne nous voyais pas installés tous les deux chez Malek, pour des mois, dans son petit appartement... Avec sa femme, ses enfants... tu imagines ? Non, ce n'était pas la solution.

Elle voulait rester chez elle. Dans sa maison, le seul lieu où elle se sentait en sécurité. Elle le pensait vraiment. Rester dans cet espace protégé. Elle ne risquait rien. Comme tout le monde, il avait mis des barreaux de fer à toutes les fenêtres, doublé la porte d'entrée d'une porte de fer, hideuse mais solide. Sa maison était propre, nette, accueillante, chaque chose était à sa place, comme toutes les maisons sans enfants. Elle n'aurait pas supporté de s'imposer, de se sentir de trop, même chez son beau-frère, elle avait ses habitudes, elle aimait tellement le calme des pièces de leur appartement.

Elle est seule maintenant. Et dans la maison silencieuse, les mots qu'elle ne peut plus dire à personne, les mots qu'elle se répète chaque soir, chaque matin, inutilement, n'arrivent plus à écraser de leur poids l'horrible vérité enfouie tout au fond d'elle, si profondément qu'elle avait fini par croire qu'elle ne pourrait jamais plus refaire surface.

Il était revenu la chercher. Il avait risqué sa vie pour elle. Et elle avait refusé de le suivre. De sortir de la maison avec lui. Pour la première fois, oui, pour la première fois, elle avait refusé de lui obéir. Sans lui dire pourquoi. Elle ne pouvait pas lui dire une telle chose, elle essayait elle-même de faire taire cette voix au fond d'elle, cette pensée horrible. Mais elle ne peut oublier sa réaction première, non, primaire serait plus juste, incontrôlable, dictée par la peur qui efface des années de soumission et de silence, cette peur qui efface toutes les autres peurs et les rend dérisoires et vaines. Elle avait eu peur pour sa vie, sa vie à elle, qui lui était apparue à cet instant comme le seul bien précieux qu'elle eût jamais possédé. Une peur panique qui annihilait en elle tout autre sentiment. Elle ne voulait pas sortir de la maison avec lui. Elle ne voulait pas l'attendre pendant qu'il refermerait la porte, descendre les marches à ses côtés, monter avec lui dans la voiture. Elle savait, pour l'avoir lu dans les journaux, qu'*ils* attendaient toujours leurs victimes dans les cages d'escalier ou aux abords de leur maison. Et sans cesse, elle revivait cette scène, ces instants. Ils étaient là, tous les deux, séparés par cette chose immonde qu'était la peur, une peur qui lui avait donné à elle le courage de dire non, et à lui, pour la première fois depuis qu'ils étaient mariés, la faiblesse d'accepter une décision qu'il n'avait pas prise. Et pendant qu'il parlait, qu'il rangeait ses affaires, elle ne pouvait penser à rien d'autre. *Ils* étaient peut-être déjà là, cachés, tout près, peut-être même était-il passé devant eux sans rien remarquer, et *ils* attendaient qu'ils sortent, eux deux, pour accomplir leur besogne. *Ils* ne l'auraient pas épargnée... Non, elle ne voulait pas sortir avec lui, elle ne voulait pas être une cible potentielle à ses côtés, elle ne voulait pas mourir avec lui. Et cela, même maintenant qu'il n'est plus là, elle ne peut pas le lui dire.

Dérobade ? Lâcheté ? Trahison ? Elle ne trouve pas de termes assez forts, assez durs, pour se fustiger. Mais elle a toute la vie devant elle, toutes ses nuits sans sommeil, pour trouver... pour essayer de se justifier, à ses propres yeux... Le pourra-t-elle jamais ? Alors elle pense à cette femme qui avait fui sa maison pour échapper à la mort en *oubliant* son bébé de six mois dans son berceau, le jour du tremblement de terre d'El-Asnam. Elle revoit aussi des scènes de panique, des hommes et des femmes, des enfants même, bousculés, piétinés, écrasés... des centaines de personnes qui, parce qu'elles ont peur et qu'elles ne veulent pas mourir, peuvent oublier des siècles de civilisation en une fraction de seconde... et elle comprend aujourd'hui...

S'il n'avait pas insisté, s'il ne l'avait pas obligée à le suivre, c'est qu'il avait peut-être compris... elle ne saura jamais...

Réda est mort à cause d'elle. Parce qu'il était venu la chercher. Elle se dit, elle dit désespérément à tous ceux qui viennent la voir — sans expliquer pourquoi il était sorti seul — qu'il aurait pu, qu'il aurait dû se contenter de lui téléphoner pour la prévenir, l'envoyer chercher ou lui demander de le rejoindre chez son frère. Elle aurait ramené les vêtements, les affaires dont il avait besoin, elle serait restée avec lui, bien sûr, chez son frère ou ailleurs, elle l'aurait suivi n'importe où, sans envisager un seul instant de se séparer de lui, de le laisser affronter tout seul sa peur et la vie précaire qu'il aurait eu désormais à mener. Et puis elle continue, elle ne peut pas s'empêcher... elle laisse remonter ses regrets, ses rancœurs aussi, celles qui refont surface alors même qu'inconsolable elle pleure... Il l'avait toujours crue incapable de faire face au moindre petit problème. C'était à lui de tout prendre en main, de décider, de commander. Il supervisait tout, jusqu'aux plus petits détails de leur vie, jusqu'à la façon dont elle devait s'habiller quand ils sortaient ensemble. Et elle acceptait, elle avait toujours tout accepté, sa mère à elle tremblait déjà au moindre froncement de sourcils de son père. Elle avait même accepté sans révolte, sans discussion, de ne plus travailler, d'abandonner son métier d'institutrice lorsqu'il le lui avait demandé peu de temps après leur mariage, parce qu'il ne supportait pas ses horaires, le temps qu'elle devait consacrer à ses préparations, à ses corrections, et pourtant elle aimait son métier, elle aimait les enfants. Et il l'avait si bien façonnée qu'elle passait son temps à épier, elle aussi, comme le faisait sa mère, les plus petits changements dans l'expression de son visage, au réveil, à son retour du bureau, à chaque moment de la journée, pour mesurer son humeur, y adapter la sienne, comme on consulte un baromètre pour savoir le temps qu'il fera.

Comme elle a mal lorsque surgit l'image de son corps gisant à même le sol, enveloppé d'un drap blanc! Elle avait découvert son visage, une dernière fois, et tout bas, lui avait demandé pardon. Il repose là-bas, chez lui, dans son village natal. Pas une minute elle n'était restée seule pendant ces longues, trop longues funérailles, bercée, accompagnée par le brouhaha des voix multiples autour d'elle... toutes ces femmes assises autour d'elle, venues guetter sur son visage fermé les traces de son chagrin... Une fois, une seule fois, elle s'est dressée, elle a tendu l'oreille. Deux vieilles femmes auprès d'elle évoquaient la mort tragique du père de Réda, assassiné par un commando de l'OAS, alors qu'il sortait de chez lui. Elle aurait voulu à cet instant hurler sa révolte. Quoi ? Dieu ne pouvait-il pas réserver d'autre sort à cet enfant posthume, né dans le deuil et dans la douleur, marqué par la mort avant que d'ouvrir les yeux à la vie ? Mais elle n'a rien dit. Elle ne pourra jamais plus rien dire à ce petit garçon insaisissable devenu un homme, un compagnon dont elle n'a jamais su déchiffrer les silences.

Elle est toujours debout devant la porte de la chambre. Elle ne sait pas combien de temps elle est restée là, immobile, perdue dans les eaux troubles de ses souvenirs. Le temps... mais qu'importe ? Elle n'a plus de repères. Elle n'a plus rien à faire. Son temps est à elle, à elle seule. Elle mangera tout à l'heure, si elle a faim. Elle va vers la fenêtre, elle l'ouvre et se penche pour recevoir la chaleur du soleil sur ses bras nus, sur son visage. En relevant la tête, elle aperçoit les jeunes voisins, adossés au mur de l'immeuble, à leur place habituelle, juste en face de chez elle. Plus loin, des enfants se disputent un ballon. C'est les vacances, ils n'ont rien d'autre à faire. La rentrée approche. Il faudra qu'elle pense à rédiger sa demande pour un poste d'institutrice.

Le soleil a de ces éclats ! C'est à te dégoûter de la nuit. Et le ciel, pour les bleus, il s'en tire plutôt bien aujourd'hui. Les nuages ne sont là que pour distraire le regard, histoire de ne pas s'ennuyer. Alors, on va commencer comme ça : c'est une journée de juin, chargée de soleil et de douceur. Pas mal, dis, la douceur ! Comme si on pouvait la sentir, la toucher, la prendre dans les mains. C'est ça, tu dis douceur, et l'idée de douceur te tombe dessus. Un peu comme si quelque chose en toi se mettait à fondre lentement, tu sais, comme juste avant le plaisir, quand tu n'en peux plus justement de douceur. On peut forcer encore, il y a la mer aussi. Tu ne la vois pas de là où tu es, mais comme elle n'est pas très loin, tu la devines, tu imagines. Bleue, pour pas changer. Mais on va la prendre au moment où elle fonce. Non, pas quand les vagues t'arrivent dessus... la couleur ! Toute en gris, mais gris au pluriel, précisons, même si ça ne change rien, ça ne fait rien si tu ne comprends pas. On peut y ajouter quelques crêtes blanches, pour le mouvement, exactement comme pour le ciel. Tu vois le tableau maintenant ?

Alors dis-moi, une journée comme celle-là, tu aurais envie de quoi, toi ? De sortir bien sûr, de sortir du bureau, de la maison, du lycée, enfin, de là où tu es enfermé... De dévaler les escaliers, de traverser les rues en courant, pour arriver à... Et là tu t'arrêtes. En plein dans ton élan ! Pour aller où ? Tu ne peux pas aller bien loin. Et surtout, surtout, ralentis... là, doucement, c'est ça. Ébloui par le soleil, la douceur et tout le reste, tu as certainement oublié qu'ici, à Alger, on ne peut pas traverser les rues en courant. On ne peut plus. Tu veux que j'explique ? Pas de gestes brusques, il faut savoir contrôler ses élans par les temps qui courent. Tiens ? Je ne l'ai pas fait exprès... Pour plus de détails, lire les journaux, rubrique nécrologique, les dernières pages, juste avant le programme télé. «... Fauché à la fleur de l'âge, par des balles assassines... » Il n'est même pas précisé d'où elles peuvent venir, pas la peine, tout le monde comprend. Tu n'aurais pas fait dix pas, dix enjambées si tu préfères, que tu aurais été fauché par une balle. Pas la peine d'ajouter assassine, je pense, tu crois qu'elles pourraient avoir d'autres intentions les balles ? Donc, arrêté en plein dans ton élan ou fauché, j'aime bien ce mot, il y a les couleurs des champs et du blé dedans, fauché par une balle dont tu n'aurais même pas entendu le sifflement. Remarque, ce n'est pas mal ça aussi. Attends, on refait la séquence : emporté par une exaltation inexplicable, il courait dans le soleil éclatant d'une belle journée de juin. Plan rapproché sur les jambes, longues foulées puissantes. Et puis on remonte sur les passants arrêtés. Immobiles. Lent mouvement des têtes suivant la course. Très important. Prévoir aussi le silence et les expressions étonnées sur le visage des filles qui passaient par là. Une balle venue d'on ne sait où, le foudroie soudain. Gros plan sur l'élan foudroyé, le regard étonné qui chavire, et le corps qui s'effondre au ralenti. Éviter le rouge. On revient sur le bleu du ciel et la mer au loin, impassibles.

Bon, reprenons. C'est toujours une journée de juin, chargée de soleil. La douceur, on oublie. On oublie aussi la mer, si tu veux. La vraie, avec le sable doré, pas celle qui vient s'écraser sur les rochers derrière les blocs de la cité. Trop loin. Et puis, ça donne de ces idées, des envies... Dangereux tout ça ! Le soleil, au moins, on peut faire avec. On est tellement habitué qu'on ne le voit même plus. Il est là, tous les jours, comme un point posé sur le *i* de nos vies. Facile ça tu me diras ! Ça ne fait rien, on garde ! Tiens, ça me rappelle l'autre, Meursault, mer et soleil comme disait la prof de français, l'histoire du type qui tue un Arabe, un jour, sur une plage. Je ne sais pas pourquoi, je n'ai pas oublié cette histoire... pourtant le lycée, c'est déjà loin ! Mais ça... C'est peut-être même la seule chose qui m'en reste. Va savoir pourquoi ! Alors, je reprends : Meursault quand il tire sur l'Arabe, avec un A majuscule, comme si c'était son nom, il dit que c'est le soleil. Le soleil qui donne la rage, la haine aussi, l'envie de tuer. C'est peut-être ça l'explication, encore aujourd'hui. Moi, j'aurais plutôt cru le contraire : la nuit, la pleine lune... Si je devais un jour tuer quelqu'un... Il te monte parfois de ces bouffées ! Je ne dois pas être le seul d'ailleurs. Seulement les gars ici, ils ne mettent pas ça sur le compte du soleil ! Bon, et si on parlait d'autre chose ? Pas très gai tout ça, efface ! Qu'est-ce qui irait le mieux avec une journée pareille ? Pas besoin de réfléchir longtemps ! Les filles bien sûr ! Tu vois, rien qu'à dire ce mot, tes yeux s'allument tout de suite et tu sens déjà, là, au fond de toi quelque chose qui frémit doucement...

Au mois de juin, les filles... Allez, on refait le début : ce jour de juin donc, pourquoi celui-là, ça non plus tu ne peux pas expliquer, tu sens dans ton corps, dans ta tête, comme un chatouillement, quelque chose qui a envie de s'échapper. Ça te prend tout de suite, au réveil et tu n'arrives pas à savoir ce que c'est. Tu sors du lit, encore plus hébété que d'habitude, tu ne supportes plus rien : le robinet qui ne coule pas quand tu veux te laver la figure, pourtant c'est tous les jours comme ça, le petit frère mal réveillé qui vient se mettre dans tes jambes, pour un peu tu l'aurais écrasé celui-là, comme une punaise, le regard de ta vieille, plus dur à affronter encore que ses paroles. Même en sortant, en claquant la porte, tu le sens derrière toi ce regard... une vrille. Tu descends donc. Passons sur les escaliers, les odeurs... Tu es dehors maintenant. Et là, alors que tu en es encore à te demander quelle direction prendre, tu reçois tout, d'un coup : la lumière, le balancement d'une fille qui passe juste devant toi, son parfum... Aussitôt tu oublies tout le reste. La journée qui commence sera belle, c'est sûr, un vrai cadeau du Bon Dieu, n'oublie surtout pas de le remercier très vite au passage. Tu flottes déjà dans le sillage de cette fille qu'Il a bien voulu mettre sur ta route aujourd'hui. Tu n'as pas eu le temps de voir son visage, alors tu te mets à rêver... Elle va se retourner, t'envoyer un sourire... Tu imagines le renflement de ses lèvres, la couleur de ses yeux, des yeux comme tu n'en as jamais vu. Ou plutôt si, dans les rêves que tu fais éveillé la nuit dans ton lit. Oui, mais ces filles-là, ça ne sourit que dans les rêves, là, tu anticipes... Pour l'instant, tout ce que tu peux voir, c'est une chevelure noire, des boucles qui courent jusqu'au milieu du dos, c'est mieux que rien, c'est déjà beaucoup, il y a tellement de voiles, de foulards depuis quelque temps, qu'on oublie presque comment c'est fait des cheveux de femme. Remarque, si on réfléchit bien, on arrive à comprendre pourquoi. C'est plus prudent pour elles. Pour nous aussi. C'est fou l'effet que ça peut faire une cascade de boucles flottant en toute liberté, avec la lumière qui s'accroche dessus, en paillettes... Rien que d'y penser, un frisson me parcourt le dos. C'est vrai, plus c'est rare, plus c'est précieux, ce n'est pas moi qui l'ai dit... Tu continues à marcher derrière elle, ton regard descend, un peu plus bas, et tu devines ses hanches sous le chemisier léger qui les recouvre. Fermes, dorées, comme le petit bout de jambe qui dépasse de la jupe, longue, mais pas trop. Et même si tu n'as jamais mis les pieds au Sahara, il te vient des envies de dunes, rondes, dorées et tièdes. Dans ta tête jaillissent des contours, des couleurs, à te faire vraiment regretter de n'avoir jamais été plus loin que Blida... Tu les escalades ces dunes, tu t'y perds, tu t'y enfonces... et pendant que tu es là, perdu dans tes rêves de dunes et de tiédeur, la fille, ne me dis pas qu'elle n'a rien remarqué, continue à avancer au milieu de la foule, superbement indifférente. Tu ne vas pas continuer à la suivre comme ça, indéfiniment. Tu pourrais peut-être lui parler, essayer, tu n'as rien à perdre, après tout, pourquoi ne pas tenter ta chance, il fait tellement beau... Vas-y, essaie, que vas-tu lui dire ? Tu pourrais commencer comme ça par exemple, poliment, avec les guillemets « Mademoiselle, je... », non, ça ne vient pas, tu n'es pas très doué, peut-être que si tu n'étais pas seul... Tu cales, lamentablement, et tu ne dis rien, parce qu'au fond de toi, tu sais que c'est perdu d'avance. Tu as beau être sur un nuage, avoir pour surnom « Beau gosse », tu sens bien qu'elle n'est pas du genre à se laisser aborder dans la rue par le premier venu. Et en admettant même qu'elle se retourne, qu'elle te réponde, qu'est-ce qui pourrait bien se passer après ? Dans tes poches, tu n'as même pas de quoi te payer un café, et les filles, c'est bien connu, elles repèrent ça tout de suite, avant qu'on ouvre la bouche pour... Alors, tu te décides ? Tu essaies quand même ou tu abandonnes pour aller rejoindre les copains que tu n'as même pas salués en passant ? Tu entends déjà leurs ricanements... Et d'un coup, tu es furieux. Furieux de t'être laissé piéger par... par quoi exactement ? Par la lumière ? Par le soleil toi aussi ? Des conneries tout ça ! On va bien voir ! Furieux, tu accélères le pas, tu te rapproches, tu la frôles presque, et là, tu la bouscules, pas trop violemment quand même, tu te retournes avec un grand sourire, on ne sait jamais, mais elle ne te regarde pas, tu pourrais aussi bien ne pas exister, elle continue à fendre la foule, les yeux baissés, tu n'as même pas vu ses yeux, et tu la laisses partir, en te disant qu'elle n'était pas si belle que ça de toute façon, et que... Tu reviens sur tes pas, lentement, avec, au fond de la gorge, un vague regret, l'impression amère d'avoir laissé échapper quelque chose... Je sais, je sais, on n'attrape pas les oiseaux avec des brindilles de rêve, même un matin de juin. Et puis, la journée est encore longue...

La journée est encore longue. Rien d'autre à faire qu'à traîner avec les copains. Pas encore l'heure de partager le premier joint. On se cale contre le mur. Le même mur depuis la nuit des temps. Chacun son territoire. Celui-là, il va bientôt prendre la forme de notre dos. Ça sera peut-être plus confortable. Mais là, au moins, on a une vue imprenable, on est aux premières loges : il y a le carrefour, les voitures, le barrage fixe de police un peu plus haut, les magasins, les passants sur les trottoirs, rien ne nous échappe. Bien sûr, on connaît par cœur, c'est toujours les mêmes qui repassent, on finit par les repérer, eux aussi d'ailleurs, il y en a même qui nous saluent, tu parles ! Mais on a largement de quoi s'occuper les yeux, sinon l'esprit. Histoire de voir le temps passer. Tiens, le temps... Tu attrapes le mot au vol, tu le malaxes bien et tu en fais une boulette que tu jettes sur la tête des passants, pour voir leur réaction. Parce que c'est ça que tu lis dans leurs regards qui t'effleurent sans trop s'attarder. Ils n'ont pas le temps de s'arrêter pour le voir passer. Pas comme nous. Regarde celui-là par exemple, le petit vieux là, avec son sachet de plastique noir d'où dépassent une bonne dizaine de baguettes de pain. Il s'est levé tôt, il a fait ses courses, et maintenant il rentre chez lui. Les mêmes courses, le même chemin, tous les jours, depuis des années, sans jamais un seul détour. Il n'a pas de temps à perdre lui, il l'a perdu depuis longtemps. Tu le vois ? Regarde bien, c'est le temps qui s'est inscrit sur son visage en grosses balafres. Et ce qui alourdit ses pas, ce sont toutes les heures, tous les jours, toutes les années de sa vie, entassés les uns sur les autres. Tu crois qu'il a réussi à voler un instant, un seul, pour lui, rien que pour lui ? Remarque, il doit certainement être moins tourmenté que toi, avec cet oiseau aux ailes coupées qui n'arrête pas de trembler dans ta tête. Et l'autre là, dans sa voiture, une main sur le volant, les vitres baissées, la musique, les lunettes noires... il fait tellement bon, une belle journée pour se promener en voiture... Quand on a une voiture pareille, le temps doit glisser tout seul, pas besoin d'appuyer. Il vient à toi, tu l'inventes, tu en fais ce que tu veux...

Et voilà, ça revient... ça remonte comme une envie de vomir. De nouveau, tu te sens à l'étroit dans ta tête, dans ton corps, dans cette rue. Tu te dis, un jour comme ça, je ne vais pas le passer à pourrir sur pied ! Il faut que je bouge, j'ai comme des fourmillements un peu partout. Alors, tu plantes là les copains passablement étonnés, ils ne comprennent pas, ils ne peuvent pas comprendre et de toutes les façons tu ne leur as rien dit, tu ne comprends pas toi-même, il y a trente jours dans le mois de juin, et d'habitude, ils sont tous pareils. Mais là, c'est comme si quelque chose te tombait dessus, brusquement. Un nuage, une masse sombre, étouffante, qui t'écrase, un peu comme si la nuit en avance sur l'heure, s'engouffrait par une porte laissée ouverte par mégarde. Disparus les bleus qui mettent la tête à l'envers ! Pourtant le soleil est toujours suspendu au-dessus de toi. Tu le sens qui pèse de tout son poids sur tes épaules pendant que tu marches. C'est dans ta tête qu'il est le variateur de lumière, complètement déréglé sans doute. Tu marches, sans savoir où tu vas. Aucune envie précise, juste un sale goût dans la bouche. L'essentiel c'est de mettre le plus de distance entre toi et les autres, tous les autres, les copains et le reste. Et comme tu ne peux pas les effacer d'un coup de gomme, le meilleur moyen c'est encore de plonger dans la foule, de te laisser absorber par le mouvement, par les bruits. Les poings serrés dans tes poches vides, tu t'enfonces dans la foule qui déborde des trottoirs. Tu te laisses porter par le flot moutonnant et tu n'es plus qu'une goutte d'eau dans cette marée, une goutte d'eau, rien d'autre, tout comme eux tous, rien de plus, qu'est-ce que tu croyais ? Et qu'est-ce qui permet de distinguer une goutte d'eau d'une autre goutte d'eau ? Tu peux me le dire toi ? Toi aussi tu finiras un jour absorbé par la poussière, sans même t'en rendre compte. Pour l'instant tu n'as que vingt ans derrière toi, tu cours encore après des rêves, avec des emballements et des ratés, et tu t'essouffles inutilement. Il t'arrive aussi de planer, et fatalement tu te retrouves en zone de turbulences avec le cœur qui se soulève... Le problème, c'est que tu ne vois pas venir les trous d'air, alors tu ne peux même pas esquiver ! Ils fondent sur toi, le plus souvent quand tu t'y attends le moins. Tu vois par exemple, il n'y a pas cinq minutes, il faisait encore beau !

Ce qu'il te faudrait maintenant, c'est du calme, du silence... À première vue, rien de plus simple : tu n'as qu'à rentrer chez toi, t'enfermer dans ta chambre. Là, tu n'entendrais même pas le bruit de tes pas, amorti par les tapis, ou la moquette si tu préfères. On continue ? Tu tires les rideaux, et à la douce clarté d'une lampe, tu t'accordes une pause, dans un silence à peine noyé de musique... C'est beau, hein ? On se croirait dans un livre ou dans un film, tu sais, quand le héros fatigué rentre chez lui, accueilli par... etc. etc.

Décidément, tu es irrécupérable ! Pour un rien tu prends le large ! Chez toi, il n'y a ni tapis ni rideaux ! Personne n'a sa chambre, et toi encore moins que les autres si ça pouvait être possible. Chacun prend l'espace qu'il trouve, et quelquefois il faut arriver le premier ou se battre ! Aucune place pour traîner ses envies, le minimum vital, enfin, ça dépend pour qui... Pour la musique, c'est plus facile, elle arrive de partout, pas besoin de tourner le bouton. On peut capter tous les programmes télé à la fois, depuis qu'on est branché sur antenne parabolique dans le quartier. C'est ça le progrès ! Les chaînes de radio aussi, surtout le matin, très tôt. Inutile d'ouvrir les fenêtres, ça traverse les murs et les plafonds, avec des accompagnements variés, au choix : cris, insultes, rires, plaintes, il y en a pour tous les goûts, il n'y a qu'à demander ! Le silence ? Au rayon luxe ! D'accord, tu n'es pas souvent chez toi, mais à partir d'une certaine heure, la nuit, quand il n'y a plus personne dans les rues, tu ne peux pas faire autrement. Tu rentres pour dormir, et même là, le silence se fait tellement attendre que tu vas le chercher dans le sommeil. Mais ce n'est pas tout à fait du silence, c'est du néant, de l'absence.

Et puis, et puis surtout, chez toi, il y a ta mère. Ses mots et ses silences... Il y a ce que tu peux lire dans ses yeux, chaque fois que tu passes la porte. Il y a ces mots qu'elle lance, oh, sans s'adresser directement à toi, toute une tactique, mais qui viennent s'écraser sur toi, plus sûrement que si elle t'avait visé. Et tu ne peux même pas les renvoyer, c'est ta mère après tout. Elle attend que tu sois à portée de voix et elle commence. Ça défile. Ils y sont tous, à la queue leu leu. D'abord les fils des voisins d'en face : le policier, c'est par lui qu'elle commence, normal, le trabendiste * et ses cabas, l'ingénieur au chômage, mais il a fait des études lui au moins. Puis elle remonte, celui du quatrième, trois fois qu'il se fait mettre en prison mais il se débrouille... et puis encore les autres, dont on ne sait pas grand-chose, qui ont disparu depuis quelques mois mais envoient de l'argent à leur famille qui ne sait pas répondre aux questions que viennent lui poser les policiers. Elle pourrait

* Vient du mot espagnol *trabendo* : trafic. Terme employé généralement pour désigner des jeunes qui voyagent pour importer et vendre illégalement toutes sortes de marchandises.

continuer pendant des heures, alors tu fais semblant de ne pas entendre, de ne pas comprendre, sans arrêt tu fais semblant. Tu regrettes presque le temps des gifles, des coups de pied et des colères. C'était plus direct, plus bref aussi, moins violent, quelques cris pour la forme, quelques larmes et on n'en reparlait plus jusqu'à la fois suivante. Elle n'ose plus maintenant, tu n'as plus l'âge. Il y a pas mal d'autres choses que tu regrettes aussi, mais... n'insistons pas. Les retours en arrière, ça ne sert à rien d'autre qu'à ouvrir des brèches, ça pourrait faire mal, depuis le temps que tu essaies d'effacer les souvenirs !

Quand tu rentres chez toi, tu tires le matelas de dessous le canapé, tu le traînes à la place qui t'est réservée, dans un coin de la pièce, la salle commune qui nous sert de salle à tout faire, loin des autres, des plus jeunes surtout, on ne sait jamais, tu pourrais les contaminer, mais ils y viendront eux aussi, peut-être encore plus vite que toi, il n'y a qu'à les voir, c'est certain, il n'y a pas d'autre chemin. Pendant qu'ils sont tous vissés devant la télé, tu t'allonges, tu te couvres, tu enroules autour de toi la couverture, hermétiquement pour l'isolation, et tu essaies de t'endormir. T'endormir ? Ça peut durer des heures, pas seulement à cause du bruit. C'est à ces moments-là que ton cerveau se met à fonctionner à toute allure, comme si tu te branchais sur un appareil à images. Et dès que tu fermes les yeux, ça part dans tous les sens, on dirait des flashes qui crépitent sur fond sombre, un vrai feu d'artifice ! Il y a des images, des scènes qu'on croirait enregistrées, avec le son en prime, des morceaux de phrases captées çà et là, et que tu te répètes, machinalement, sans chercher à comprendre pourquoi celles-là plutôt que d'autres, et comme tu en entends tellement, pas facile de faire le ménage ! Il y a aussi les souvenirs qui arrivent à se faufiler parfois, insidieusement, et que tu chasses, sans pitié. Ce que tu essaies de retenir, ce sont les images, celles qui t'aident à partir, à te transporter ailleurs, pas bien loin, ni Londres, ni Paris, ni New York, non, tu n'en es pas encore aux voyages interplanétaires ! Ces images-là, tu les découvres au fond de toi, tu les assembles et tu en fais des paysages inconnus, des terres que toi seul peux explorer, éblouissantes de couleurs, tu deviens toi-même une partie, un élément de ces paysages, un arbre ou toute une forêt, une pierre, un grain de sable, une couleur... et tu t'en vas, tu dérives, tu fonds, rien ne te retient plus, tout le reste disparaît... Et quand tu reviens, parce que tu finis par revenir, toujours, comme personne ne t'a jamais parlé de ça, tu te dis qu'ils ont peut-être un peu raison, les copains, de te regarder quelquefois d'un air inquiet... Pour eux, les belles images, ce sont les feuilles de papier arrachées aux pages des calendriers, des feuilles qu'on accroche aux murs des salons, pour faire oublier tout ce qu'il y a autour. Ils encadrent des soleils couchants de préférence ou des vaches paisibles dans un pré bien vert. Mais c'est pour ça que c'est bien utile les copains; quand l'un de nous grimpe aux murs, les autres restent en bas, pour la réception.

Pour l'instant, pas question de rentrer chez toi, ni de grimper aux murs. La nuit est encore loin, et chez toi, c'est l'heure de pointe. Entre tes sœurs revenues du bureau pour la pause de midi, elles travaillent, elles, et les petits affamés et bruyants, il n'y a pas de place pour une bouche inutile. Enfin, elle ne le dit pas comme ça, ta mère, mais elle le pense tellement fort que tu l'entends. Il faudra attendre, peut-être longtemps, le jour où tu déposeras dans ses mains dont tu as oublié le contact, un salaire, peu importe comment tu l'auras gagné, pour qu'on se pousse, qu'on te fasse de la place. À moins que tu t'en ailles avant, comme ton père, ce qui est plus probable.

Enfin, elle est déjà dans ton passé, cette matinée de juin. Plus que quelques heures et tu viendras à bout du jour entier. Patience... Voilà déjà longtemps, tu viens de t'en apercevoir, que tu tournes en rond, sans même pouvoir t'arracher à ton centre de gravité. Ils sont toujours là, à portée de pas, les bâtiments de la cité. Ils allongent peu à peu leur ombre derrière toi, et à cette allure, ils finiront bien par te rattraper.

Au coin de la rue, tu croises les copains qui reviennent de la mosquée. Ça, c'est les repères. Pratique pour savoir l'heure, à quelques minutes près. Pas besoin de montre. Même pour les rendez-vous. C'est toujours avant ou après telle ou telle prière. D'autant plus qu'il n'y a que ça à attendre. À l'appel, on se redresse tous comme un seul homme, on va à la mosquée et on répond présent. C'est la prière, les mêmes gestes, les mêmes mots récités, quelques minutes de grande fraternité et, de retour à notre poste d'observation, on attend la suivante. Quatre fois par jour, cinq en réalité, mais la première prière, celle du lever du soleil, c'est chacun pour soi. Rares sont ceux qui ont le courage de s'arracher au sommeil de si bonne heure, il y en a quand même, faut pas croire, mais pour tout dire, la plupart d'entre nous n'entendent même pas l'appel. Tu crois vraiment que Dieu qui dans sa clémence, dit-on, sait pardonner, Dieu nous en voudra pour ça à l'heure des comptes ? Quoi qu'il en soit, pour nous, la journée n'est qu'une somme d'intervalles entre deux prières, la nuit aussi en fait. C'est mathématique. Rien d'autre à attendre. Tu n'as pas à attendre l'heure de rentrer chez toi, tu es libre, personne ne t'attend, tu peux aussi bien ne pas rentrer, ça t'est déjà arrivé et personne n'a rien remarqué tellement on est nombreux là-bas, et depuis qu'elle commence à ne plus pouvoir tenir debout à partir d'une certaine heure, ta mère n'a plus le réflexe de compter ses troupes avant de dormir. Elle préfère ne pas fermer la porte d'entrée à clé, aucun risque, qu'est-ce qu'on pourrait bien venir chercher chez nous... Tu n'as même pas à attendre l'heure de la sortie, comme ces employés de bureau, un œil sur le journal qu'ils ont le temps d'apprendre par cœur et l'autre sur la montre, ou comme au lycée, quand tu étais dehors avant même que la cloche ait fini de sonner, les profs aussi d'ailleurs... Et puis, pas non plus de bus à guetter et à prendre d'assaut pour aller quelque part, en ce moment surtout, ce n'est pas que tu aies peur, mais depuis le jour où deux de tes copains se sont fait cueillir par une bombe à El-Biar dans un café où ils n'avaient jamais posé les pieds avant, tu évites, il pourrait bien t'arriver la même chose, et on aurait du mal à te reconnaître toi aussi.

Alors, tu ne sais plus de quoi c'est fait une attente. Tu as oublié. Tu vis les pieds collés dans le présent, juste la minute qui vient et qui dégringole très vite pour rejoindre les autres. Ce qui t'a mis la tête à l'envers aujourd'hui, tu le comprends maintenant seulement, il t'en a fallu du temps, d'habitude tu es plus rapide, ce n'était rien d'autre que la trace mal effacée d'un rêve... c'est sûr. Tu sais, une de ces impressions un peu floues, insaisissables, qui restent d'un rêve et qui débordent sur le jour, que tu retrouves parfois au détour d'un geste, d'un mot, sans vraiment savoir d'où elles peuvent venir. C'est tout simple, ce n'est que ça ! Voilà, tu la tiens l'explication ! Tu retrouves là l'impression que tu as eue en ouvrant les yeux sur ta vie ce matin. Comme si tu attendais quelque chose de ce jour, précisément. Un peu comme quand tu étais petit, et que, réveillé très tôt le matin de la rentrée, bien avant tout le monde, tu attendais dans ton lit, tout frémissant d'impatience et de curiosité, tu attendais l'heure d'aller à l'école avec ton cartable tout neuf, tes cahiers, ton tablier avec ton nom inscrit dessus, quand tu croyais encore, pauvre innocent, que le monde allait s'ouvrir pour toi et que pour voler il suffisait d'étendre les ailes... Tu vois, il y a eu comme un décalage, et c'est ça qui a détraqué le réveil que tu ne règles plus depuis quelques années déjà. Seulement ça.

Ouf ! Ça va mieux maintenant que tu n'as plus à déchiffrer les signes ! Juin, le soleil, les filles et tout le cinéma, tous les ballons se sont dégonflés. Crevés... Il suffisait de chercher. Allez, allez, circule, il n'y a rien à signaler, ce n'est qu'un jour comme un autre. Lève la tête et regarde : le soleil continue sa course, imperturbable, et le jour déjà bien entamé va finir de se consumer, comme d'habitude.

Comme tu te sens léger ! Qui aurait cru qu'un rêve mal effacé pouvait peser aussi lourd ! Debout, au milieu de la rue, tu aurais presque envie de le dire aux autres, à ceux qui passent... de leur dire... mais non, tu crois qu'ils s'arrêteraient pour t'écouter ? Écouter un gars comme toi ? Si tu veux qu'ils s'arrêtent, il te faudra trouver autre chose que des mots, ils en sont saturés. Attends, j'ai une idée ! On peut toujours essayer quelques mouvements de hanches, voilà, c'est ça, les bras levés, comme si tu dansais. Quelques secondes à peine et c'est suffisant pour que tout le monde te regarde. Faut voir leur tête ! Tu commences à t'amuser, sérieusement. Alors tu continues, pour le plaisir, ça fait tellement longtemps que plus personne ne te regarde comme ça ! On s'arrête, on s'écarte. Tu te retrouves au centre d'un espace vide, comme s'il y avait une barrière invisible autour de toi. Tu danses, tu claques des mains aussi, au rythme d'une musique que tu es seul à entendre. Il y en a qui sourient, ils n'ont pas l'air étonné, ils doivent comprendre, ils connaissent ce langage, pour un peu ils se joindraient à toi, ils ont la même musique que toi dans la tête, c'est sûr... Et puis il y a les autres, ceux qui hochent longuement la tête avant de se détourner, pleins d'une pitié qui les rassure sur eux-mêmes, sur leur «normalité». Ils auront quelque chose à raconter en rentrant chez eux ce soir, autre chose que les rumeurs et les nouvelles macabres dont ils se nourrissent à chaque repas... Le pauvre gars, diront-ils en appuyant bien sur l'adjectif, il a fini par craquer, un de plus... inoffensif celui-là... Il dansait au milieu de la rue comme s'il avait une musique dans la tête, quel malheur, si jeune ! On voit de tout ces derniers temps...

C'est vrai, on dirait que tu craques, que des morceaux se détachent de toi, par petits bouts, qu'ils restent suspendus entre ciel et terre un instant, avant de s'écraser lourdement sur le sol, les uns après les autres. Des moments entiers de ta vie, toutes ces envies inassouvies et tenaces qui continuent à rôder autour de toi, malgré ta vigilance... et ça fait comme un ballet de poussière, une sorte de brume qui t'isole un peu plus des autres. Hé ! Attention ! Il faut en garder un peu, il en faut pour vivre, paraît-il ! Surtout maintenant que tu sais. Mais tu sais quoi au fait ? Qu'il n'y a rien pour toi, rien à attendre, ni de ce jour, ni de tous ceux qui vont s'y ajouter ? Une révélation cette évidence de ta vie ? Bizarre que ça te fasse un effet pareil, pire que si tu t'étais défoncé ! Il serait peut-être temps de revenir. Tiens ? Il n'y a plus personne autour de toi à présent ! Ils sont tous repartis. Étonnant ! Ce n'est quand même pas toi qui... Les copains là-bas te font de grands signes, ils ont l'air affolés, on dirait qu'ils crient, qu'ils veulent te dire quelque chose, mais ils sont trop loin, tu n'entends pas et tu te demandes... Ce que tu entends nettement par contre, c'est le bruit d'une course derrière toi. Juste le temps de te retourner avant d'être violemment bousculé par deux types, projeté contre le mur. Pendant que tu essaies de te relever, la rue se vide, presque instantanément, il y a des gens qui courent dans tous les sens, et il y a... cette voiture arrêtée, les portières ouvertes, en plein milieu de la rue, personne au volant, personne... ça y est, tu réalises, peut-être quelques secondes trop tard, au moment même où l'espace autour de toi s'emplit de cris, de sifflements, de traits de feu... il fallait bien que ça arrive un jour, c'est dans l'ordre des choses, un jour de juin, c'était donc ça... cours, mais cours... vite... comme le gars qui continue à courir là, devant toi, avec cette étoile rouge qui s'élargit dans son dos... c'était donc ça... vite, ne t'arrête surtout pas... le coin de la rue, là, tout près... quelques mètres encore... tu voles presque, tu vois... et d'un coup, le ciel vire brusquement, se déchire et vient se poser sur toi dans un grand fracas rouge... Mais peut-être est-ce moi qui... va savoir...

Sofiane est mort. J'ai appris la nouvelle en lisant dans le journal l'article qui racontait sa dernière aventure. C'était peut-être aussi la première, je ne sais pas, je ne sais rien de lui depuis longtemps, depuis que cette sale guerre a commencé. Personne dans la famille ne nous avait prévenus.

Il avait vingt ans, l'âge de mon fils.

Sofiane, c'était ce petit garçon blond au sourire timide, au regard vif et curieux qui s'accrochait à ma jupe quand nous allions rendre visite à ses parents. Il nous suivait partout, silencieux et attentif aux moindres de nos paroles, jusqu'à ce que son père, découvrant sa présence pourtant bien peu bruyante, le renvoie d'une brutale injonction. Il obéissait sans un mot, sortait de la pièce et ne se hasardait plus à en franchir le seuil jusqu'à notre départ. Nous le retrouvions en bas, debout près de la voiture, et il se laissait docilement embrasser, ne nous quittait pas des yeux jusqu'à ce que nous ayons disparu dans le premier virage, tout au bout de la rue principale du village.

Sofiane est mort. J'ai peut-être oublié de vous dire que c'était, selon le communiqué des forces de l'ordre, repris mot pour mot dans plusieurs journaux, « un dangereux terroriste ».

C'était aussi mon neveu, le fils de mon frère.

Quel âge avait-il la dernière fois que je l'ai vu ? Quinze ans, peut-être seize. Dans ma mémoire, se dessine en contours très nets l'image d'un adolescent bien bâti, encore imberbe, avec une drôle de voix oscillant entre les graves et les aigus, et toujours le même sourire timide qui contrastait étrangement avec l'exubérance et l'assurance de son grand frère. Il portait dans ses bras sa petite sœur, la dernière-née, et j'avais remarqué avec quelle patience et quelle tendresse il la faisait manger, pendant que sa mère était occupée à nous servir. Près de lui, silencieuse elle aussi, et aussi brune que lui était blond, se tenait son autre sœur, Amina, sa sœur jumelle.

Je pourrais ajouter d'autres détails, dire que je pressentais en lui quelque chose de différent, déjà, quelques-uns de ces petits signes imperceptibles, de ceux auxquels on n'attache pas d'importance et que l'on ne peut déchiffrer qu'après... trop tard... mais je ne vois rien, rien d'autre qu'un beau garçon attachant et sensible.

« Le plus sensible de ses frères, me répète justement sa mère au téléphone, la voix brisée par le chagrin. Il est mort depuis une semaine, nous ne l'avons su qu'hier. Cela fait plus de deux mois qu'il avait disparu et nous étions sans nouvelles de lui jusqu'à... et elle ajoute, dans un chuchotement à peine audible, comme si elle avait peur d'être entendue, ne venez pas, surtout ne venez pas, la route n'est pas très sûre, on ne sait jamais... son père est allé l'enterrer, on lui a demandé de venir seul... il n'est pas encore rentré. »

J'hésite à apprendre la nouvelle à mon fils. Mon fils est là, dans sa chambre. Je ne lui ai encore rien dit. Comment lui annoncer que son cousin est mort ? Et surtout, comment lui dire que ce cousin était un terroriste ? Lui aussi aura du mal à mettre un visage sur ce nom, cela fait tellement longtemps que nous ne nous voyons plus ! Faudra-t-il que je lui dise pourquoi nous sommes si éloignés les uns des autres ? Bien sûr, il y a ce climat d'insécurité depuis... depuis combien de temps déjà ? Cinq ans ? Six ans ? Voilà plus de cinq ans que nous avons renoncé à tout voyage, à moins d'y être obligés. Les rencontres familiales se font de plus en plus rares, les liens se distendent, et je mesure aujourd'hui à quel point cette guerre, en pesant sur nos vies, nous a fait perdre le sens de certaines valeurs que jusqu'alors, nous croyions essentielles. Mais est-ce la seule raison ? Pourrais-je parler à mon fils de ma révolte face à un frère aîné qui, très jeune, a voulu exercer sur moi son autorité et me contraindre à l'obéissance ? À quoi bon ? Tout cela me semble si loin et surtout si dérisoire aujourd'hui ! Et puis j'ai peur de ne pas pouvoir répondre aux questions qu'il ne manquera pas de me poser. Certainement les mêmes que celles que je me pose.

J'essaie de trouver les premières réponses en relisant l'article que j'ai découpé dans le journal, un entrefilet qui annonce « l'élimination de Sofiane B âgé de vingt ans, un dangereux terroriste, abattu alors qu'il essayait, à bord d'une voiture volée, de forcer un barrage à la sortie de la ville de M. Il n'était pas seul, mais ses deux acolytes ont réussi à s'enfuir et sont pour l'heure activement recherchés... » Et l'on précise qu'il a été trouvé en possession d'un revolver ayant appartenu à un policier assassiné la veille, en plein centre de la ville. Sofiane a donc été abattu à quelques dizaines de kilomètres de son village. Avait-il l'intention de rentrer chez lui, de revoir les siens ? Était-ce lui l'assassin ? Cela ne semble guère faire de doute pour les auteurs du communiqué.

Mais alors, s'il était vraiment dangereux comme ils l'affirment, dangereux et déterminé comme le sont tous les autres, il avait dû commettre d'autres crimes. Et s'il n'avait pas été « abattu par les forces de l'ordre », peut-être aurait-il pu continuer à sévir, et qui sait même, en arriver à tuer son frère, car l'un de ses frères est policier. Et soudain, cette seule hypothèse me plonge dans un désespoir violent, insupportable, que viennent attiser des déductions tout aussi insupportables, et des images de mort, pareilles à celles dont nous sommes abreuvés quotidiennement, se déroulent en cascades dans ma tête, sans que je puisse en arrêter l'enchaînement, pas même fermer les yeux pour ne plus les voir. Est-il possible que l'un de mes neveux soit un de ceux dont la seule évocation me paralyse et fait lever en moi une houle de haine, de peur et de répulsion ? Sofiane, au visage si doux, au cœur si tendre aurait-il pu, si on le lui avait ordonné, tuer froidement son frère ou son cousin, mon fils qui bientôt sera incorporé dans l'armée pour faire son service national ? Peut-être ma fille aussi, qui refuse de porter le voile et sort tous les matins en jeans et tennis pour aller au lycée. Peut-être même avait-il déjà tué d'autres filles, d'autres femmes, pour cette même raison, car s'il avait réellement choisi cette voie, comme tant de jeunes dont on dit qu'ils ont été égarés et abusés, et cela je le comprends mieux aujourd'hui, il devait obéir aux ordres de son « émir », il ne pouvait pas faire autrement ! Je me refuse à continuer plus longtemps, j'ai peur de ne pas pouvoir aller jusqu'au bout de ce raisonnement pourtant si simple, si évident. Mais non, c'est impossible, pas lui, il n'aurait jamais pu ! Il aimait tellement sa mère, ses sœurs, il n'aurait jamais pu aiguiser un couteau pour... mais non, il n'avait rien d'un monstre ! Et pendant que j'essaie de me convaincre de l'absurdité de toutes ces hypothèses, je me souviens, comme s'il était possible de l'avoir oublié un seul instant, que tous les autres assassins ont eux aussi été portés par des femmes, qu'ils ont été nourris et certainement aimés, peut-être mal, mais aimés tout de même, par des mères, semblables à toutes les mères, peut-être aussi douces et aussi effacées que ma belle-sœur, un petit bout de femme étonnante de résistance et d'abnégation, affairée du matin au soir, corps et cœur démultipliés, et dont la seule raison de vivre est d'assurer le bien-être de sa trop nombreuse progéniture, du mieux qu'elle peut et sans jamais une seule plainte.

Non, il doit y avoir une explication ! Il me faut comprendre : je ne peux pas accepter cette idée révoltante, inconcevable. Le fils de mon propre frère ! C'est certainement une méprise, une tragique erreur qui a coûté la vie à un jeune homme tranquille et doux, un lycéen à quelques mois du bac. Qui pourra m'expliquer et me faire admettre l'idée que des petits garçons rieurs ou timides, espiègles ou sages, peuvent devenir un jour des criminels capables des pires monstruosités ? Dans ce cas, mon fils lui-même... mais je rejette avec un frisson d'horreur cette pensée qui vient de m'effleurer l'esprit.

Il me faut comprendre, c'est ce que je me répète tout au long de la route en allant chez eux. L'explication, je la trouverai certainement au bout du voyage, un voyage qui me semble interminable, des heures d'angoisse avant d'arriver enfin à leur petit village, un village autrefois sans histoires, aux alentours gardés par de nombreux barrages de militaires aux aguets, jeunes, oh! si jeunes eux aussi, le doigt crispé sur la gâchette de leur arme.

Regards fuyants des passants, maisons écrasées de soleil et de silences, portes et volets fermés, où sont donc les enfants qui dès l'arrivée d'une voiture accouraient de toutes parts et s'agglutinaient tout autour de nous, visages souriants, écrasés contre les vitres, ni quémandeurs ni agressifs, simplement curieux ? Je ne reconnais que la chaleur, une chaleur sèche, poussiéreuse, accablante, qui me prend à la gorge tout comme l'impression d'abandon, de désolation qui semble avoir envahi ce petit village paisible en apparence, niché au flanc d'une colline boisée autrefois, nue à présent, arbres calcinés ou sciés, à l'image des nombreuses régions que nous avons traversées.

Les abords de la maison sont déserts. Étrangement. Rien n'indique que la famille vient d'être frappée par un deuil. Je ne vois aucune de ces chaises que l'on dispose habituellement sur le trottoir pendant sept jours à l'intention des hommes, amis et voisins, qui d'ordinaire viennent de partout, de très loin même, pour présenter leurs condoléances. Je n'entends ni pleurs ni cris de femmes à l'intérieur de la maison silencieuse. Personne n'est donc venu assister mon frère dans cette épreuve, comme il est de coutume de le faire toujours et partout dans notre pays ? La peur sans doute, m'explique mon mari, la peur de se commettre avec la famille d'un réprouvé, ou de manifester une solidarité qui risquerait d'être mal interprétée.

Dans l'embrasure de la porte, je ne vois que le visage défait de mon frère, creusé par une douleur dont il ne veut tout d'abord rien laisser voir, la pression trop lourde de sa main sur mon épaule, un court moment, et puis cette boule de chagrin qui enfin s'exprime en larmes, nous pleurons accrochés l'un à l'autre, nous pleurons enfin, soudés dans une souffrance qui nous fait retrouver en cet instant des sentiments que nous croyions tous deux émoussés par les trop longues séparations et les nombreuses usures de la vie.

Cette autre vision aussi : Malika, la mère de Sofiane, assise sur un matelas au milieu de la grande pièce vidée de tous ses meubles, Malika, les yeux secs comme instillés de sang, encore plus petite que dans mon souvenir, Malika toute de blanc vêtue, assise au milieu d'un groupe de femmes venues discrètement l'entourer de leur compassion, répétant d'une voix atone, comme si elle récitait une litanie : « Ils l'ont trompé, ils l'ont entraîné avec eux, il était trop jeune, il ne pouvait pas comprendre. » Elle ne dit rien d'autre, elle ne sait rien d'autre et sans qu'elle ait besoin de le préciser, il est facile de comprendre qui elle désigne, qui elle accuse. Son fils, lui, était beau, il était gentil, il était innocent. Eux, ce sont les autres, une entité mystérieuse et indéfinie, au pouvoir de suggestion et de séduction irrésistible, et c'est de leur faute si aujourd'hui il n'est plus là. Il lui faut s'en convaincre pour garder intacte l'image de cet enfant, son fils préféré dit-elle, le seul de tous ses fils qui acceptait de l'écouter parfois, de lui parler aussi, sans lui dire cependant, oh non ! sans jamais lui dire ce qui pouvait le tourmenter, ce qui avait pu le pousser à *les* écouter, à *les* croire, à *les* suivre, et elle, sa mère, n'avait rien vu, n'avait rien soupçonné, pas le moindre indice, rien, jusqu'au jour où il était parti sans rien dire à personne, sans rien emporter avec lui.

Elles hochent la tête, elles approuvent, toutes ces femmes assises autour d'elle, et j'apprendrai en écoutant les bribes de conversations qui parviennent jusqu'à moi, que certaines d'entre elles ont des fils qui eux aussi sont « montés » au maquis. Elles en parlent à mots couverts, les yeux baissés, elles qui d'ordinaire n'hésitent pas à s'épancher auprès des autres femmes dans les rares circonstances où elles peuvent se rencontrer. Il est vrai que je suis là, que je suis une étrangère pour elles, et qu'il faut se méfier aujourd'hui. Le foulard blanc que j'ai noué autour de ma tête en signe de deuil ne les rassure pas suffisamment pour qu'elles se laissent aller à de dangereuses confidences. Seule dans un coin, j'observe et je me tais; elle est peut-être là l'explication que désespérément je cherche. Elle est dans les soupirs qui accompagnent leurs paroles, des chuchotements ponctués de cette question indéfiniment reprise, « que pouvons-nous y faire ? », question à laquelle aucune d'elles ne semble chercher de réponse et qui n'est qu'un aveu de cette résignation irrémédiablement inscrite en elles. Personne ne leur a jamais appris, ne leur a jamais permis de dire tout simplement non, de se révolter contre une fatalité sur laquelle viennent se briser tous leurs rêves, subir, accepter en silence, le père d'abord, et puis l'époux, et puis le fils, de renoncements en déchirures, parfois si profondes qu'elles entament la chair, intolérable douleur, accrue par les cris qu'elles retiennent, de tout leur corps, et qu'elles ne peuvent expulser. Et ces fils qui trop vite grandissent et deviennent à leur tour des hommes, comment sauraient-elles les retenir ?

« Sofiane était très sage, très pieux, confirme plus tard le père alors que nous sommes seuls. Très secret aussi, peut-être un peu trop, j'aurais dû... mais jamais je n'aurais pensé qu'il... » Il n'achève pas sa phrase. Bien sûr, quel père pourra expliquer un jour comment et pourquoi son fils est devenu un assassin ? Mon frère n'a qu'une explication, la seule qui puisse l'absoudre de toute responsabilité, et il s'y accroche. Il lui faut s'y accrocher parce que cela lui permet de ne pas se poser trop de questions, mais surtout parce qu'il a besoin de se convaincre ; il insiste, il s'emporte et dans sa colère, pêle-mêle, il accuse tout le monde : ses autres fils, sa femme, les amis de son fils, ses professeurs, les militaires, le gouvernement, oui, tous ont leur part de responsabilité. Tous sauf lui. Et l'on prétend même que son fils avait commis plusieurs assassinats dont certains à l'arme blanche ! Son propre fils ! Un garçon qui ne savait même pas se défendre ! Sofiane n'était qu'un garçon craintif et silencieux qui s'est laissé subjuguer, leurrer par les paroles et les promesses de ces hommes bien connus de tous et qui continuent, aujourd'hui, en toute impunité, à se promener dans les rues du village, à recruter leurs victimes dans les mosquées sans que personne s'en inquiète. Je l'écoute en silence, je ne peux pas, je n'ose pas lui dire qu'en suivant jusqu'au bout son raisonnement de père, nous devrions considérer tous ceux qui tuent aujourd'hui comme des êtres irresponsables, d'innocentes victimes eux aussi, incapables dans leur aveuglement de prendre conscience de l'horreur et de la sauvagerie des crimes qu'ils commettent au nom et à la place de leurs maîtres à penser. Mais mon frère n'a pas besoin d'aller aussi loin : il a trouvé les coupables. Et pendant qu'il déverse ainsi sa colère, sa souffrance, ses rancœurs, ses autres fils vont et viennent autour de lui, ils ne disent pas un mot, et plus loin, dans un coin de la pièce, ses deux filles, serrées l'une contre l'autre, silencieuses elles aussi, ne semblent même pas entendre les paroles que nous échangeons. Je regarde Malika, son corps si frêle qu'on a de la peine à croire qu'elle ait pu donner naissance à tant d'enfants... le désespoir qui sourd du moindre de ses gestes. Elle me dit dans un souffle : « J'ai l'impression qu'il va revenir, qu'il va franchir la porte, tu vois, il avait l'habitude de s'asseoir ici », elle me désigne une place restée vide auprès d'elle. Elle parle de son enfant, de ce qu'il restera à jamais pour elle maintenant qu'il n'est plus, un fils dont jamais elle n'acceptera l'absence, un fils qu'elle avait pourtant perdu bien avant qu'il ne soit tué. Mais cela, elle refuse d'y penser, elle refuse d'en parler, sa douleur présente a oblitéré toutes les autres douleurs, les a reléguées dans une partie de sa mémoire désormais inaccessible.

C'est seulement dans la nuit que je pourrai, avec Amina la sœur jumelle, aller à la rencontre de Sofiane. Amina, recroquevillée tout le jour dans un chagrin farouche et silencieux, hantée par des images d'une telle violence qu'au seuil de la nuit elle ne peut plus fermer les yeux. C'est elle qui viendra à moi dans l'obscurité complice, secouée de sanglots secs, et qui, dans un long hoquet de désespoir, essaiera de se délivrer, comme si elle arrachait d'elle, morceau par morceau, sa peur mais surtout, c'est ce qu'elle répète inlassablement, le remords qui la dévaste aujourd'hui, de n'avoir pas su le retenir, de n'avoir pas su le convaincre, de ne l'avoir pas écouté, de n'avoir pas su lui parler, elle, la seule qui aurait pu mais qui n'avait pas su, elle, sa sœur, son double, se reprochant à s'en écorcher la voix, de l'avoir laissé s'enfermer depuis bien longtemps dans un monde d'où il ne reviendrait pas. Elle dit encore qu'elle porte en elle un tel poids de culpabilité, qu'il lui est insupportable de continuer de vivre, de se souvenir, de le retrouver présent, partout où elle va, même en fermant les yeux, comme si sa mémoire et tout son être n'étaient habités que par cette unique certitude. Elle, vivant désormais dans le souvenir intolérable de ce que son frère était pour elle, de ce qu'elle était pour son frère. Et mes mots à moi sont bien légers, inutiles, ils n'arrivent pas jusqu'à elle, elle ne peut pas les entendre et je comprends que c'est à lui qu'elle parle. Qu'il est en elle. Qu'il est cette blessure béante au-dedans d'elle et qu'elle ne sait pas aujourd'hui lequel des deux a trahi l'autre.

Serrée contre moi, voix blanche se détachant dans le silence tremblant de la nuit, corps arc-bouté sur sa douleur, une douleur sauvage, presque animale, Amina parlera pendant des heures, avant de fermer les yeux, épuisée, pour se laisser sombrer au point du jour dans un brusque sommeil parcouru de gémissements et de sursauts que rien, ni les mots que je murmure à son oreille, ni le bercement que d'instinct je retrouve pour tenter d'accompagner ses rêves, ne saura apaiser.

À moi maintenant de retrouver le fil, de rassembler pièce par pièce ses mots, ses phrases, ses cris, et ses silences aussi, de mêler ma voix à la sienne pour dire sa peur et sa révolte, ma peur aussi. À moi d'essayer de reprendre ou de comprendre cette histoire, l'histoire de cet enfant qui avait voulu prouver au monde qu'il était un homme, un vrai, en empruntant le seul chemin qui s'offrait à lui, un chemin pavé de haine et de violence, sans savoir que la pire des violences était celle qu'il se faisait à lui-même.

Amina remonte le plus loin qu'elle peut dans son enfance, dans leur enfance, et ils se dressent soudain dans ma mémoire, je les revois clairement, jamais trop loin l'un de l'autre, cette petite fille malingre à la peau sombre et ce petit garçon aux cheveux longs, habillé en fille, comme tous les petits garçons trop beaux que l'on veut protéger du mauvais œil jusqu'à leur circoncision. Enfants, leur complicité fut si totale qu'il leur avait fallu bien du temps pour prendre conscience de leurs différences, mais Amina avait très vite appris à lire dans les regards posés sur eux. Sofiane se sentait si proche de sa sœur, si semblable qu'il avait souvent l'impression, il le lui avait dit un jour, qu'elle n'était qu'une partie qui s'était détachée de lui dans les limbes mystérieux qui précèdent la naissance. Près de lui, avec lui, Amina n'avait peur de rien. En évoquant ces instants heureux de sa vie, Amina retrouve, pour un bref instant, l'accent si doux de son frère lorsqu'il prononçait son nom. Avant. Quand il l'appelait en franchissant le seuil de la maison, comme pour s'assurer qu'elle était bien là, elle qui très vite n'avait plus eu le droit de sortir, de partager ses jeux de garçon dans la rue, et qui avait appris à attendre, à se taire devant ses autres frères, à leur obéir, à supporter leur mépris en silence, à répondre sans protester aux nombreux surnoms dont ils l'avaient affublée. Lui seul savait dire son nom. Pour eux, elle était la noiraude, « Kahloucha ». Ils ne l'appelaient jamais autrement, parce qu'ils avaient ainsi trouvé le meilleur moyen de l'humilier et elle ajoute, peut-être a-t-elle peur que ce détail ne m'échappe, parce que cela aussi fait partie de ses blessures secrètes, le meilleur moyen de souligner le contraste entre elle et Sofiane, son frère jumeau, tellement plus beau, elle le dit elle-même, nulle trace de jalousie dans la voix, comme on dit une évidence.

Oui, il y avait les autres, les frères, sept frères, tous plus âgés, et j'apprends, atterrée, combien ils pouvaient se montrer arrogants et durs avec cette sœur si disgracieuse qui n'était là, qui n'existait que pour les servir. Ils avaient tout fait pour l'exclure de leur vie et de celle de leur frère aussi. Et Sofiane, si différent d'eux, avait fini par rejoindre le clan, par feindre, seulement feindre dit-elle, de se détacher d'elle, de leur ressembler, de nier cet amour qu'il avait toujours pour elle, cette faiblesse incompatible avec son statut d'homme, plus lourde à porter qu'une tare ou une difformité.

Il leur fallait se cacher pour pouvoir se parler, comme le feraient des amants, et ils avaient pris l'habitude, sans même se concerter, de se retrouver la nuit, quand tout le monde dormait. L'hiver dans le silence, la chaleur et l'inconfort de la toute petite cuisine tout au bout du couloir, et l'été, dans la petite cour intérieure ou sur la terrasse, étendus côte à côte, éblouis par l'immensité du ciel sombre, vers lequel s'élançaient des rêves que tous deux savaient irréalisables. Et dans l'obscurité mouvante et douce, c'était comme s'ils retrouvaient, envers et contre tous, un peu de cette gémination que personne ne voulait plus leur reconnaître.

Et puis, il y avait le père, mon frère, si sévère, si exigeant avec ses fils et plus particulièrement avec ce garçon trop sensible, trop doux à qui il fallait apprendre à être un homme ; un père qui n'adressait la parole à Sofiane que pour le rabrouer, pour l'humilier aussi, et qui jamais n'avait manifesté pour lui la moindre marque d'affection ou d'intérêt ; un père que Sofiane avait fini par haïr, par fuir, pour se réfugier hors des murs de la maison, auprès de ceux qui savaient l'écouter, qui savaient lui parler, et lui avaient donné l'illusion de le comprendre, pour mieux le prendre dans leurs filets.

Amina savait. Elle savait que son frère finirait par s'en aller, par la quitter. Il le lui avait dit. Mais il lui avait dit aussi, il répétait sans cesse que c'était pour elle, à cause d'elle, et de sa mère aussi qu'il savait fragile, qu'il restait là, qu'il continuait à subir, sans révolte apparente, l'autoritarisme de cet homme qui pour lui n'était rien de plus que son géniteur. Et elle l'avait cru parce qu'elle pensait tout savoir de lui, jamais elle n'aurait pensé qu'il pourrait l'abandonner, encore moins trahir cette confiance aveugle qu'elle avait en lui.

J'imagine, au moment où Amina me parle de mon frère, l'instant où, seul, terriblement seul, il a dû, de ses mains, creuser la tombe de son fils, soulever son corps pour l'ensevelir et le recouvrir de terre. Quelles furent ses pensées, ses prières à l'instant des dernières retrouvailles ? A-t-il enfin parlé à ce fils dont il ignorait les rêves et les désirs ? A-t-il imploré son pardon ou s'est-il contenté de dire une rapide prière pour le repos de son âme ? Je ne le saurai jamais, mon frère continuera sans doute à se préserver, à garder pour lui ses tourments et ses regrets. Moi-même je ne saurais pas trouver les mots capables de l'aider à supporter cette souffrance qu'il essaie de cacher aux autres comme il le faisait déjà autrefois, quand il était de tous mes frères le plus lointain, le plus inaccessible.

Ce que voulait Sofiane, c'était échapper à l'emprise de ce père intransigeant, mais c'était aussi et surtout faire quelque chose de sa vie. Il se sentait à l'étroit, condamné à vivre dans ce village perdu avec pour seul horizon la ville voisine, un bourg de moyenne importance, où venaient de temps à autre échouer, seuls ou en groupe, les habitants des villages alentour, affamés d'aventures. Il n'avait rien, rien pour alimenter ses rêves et ses journées désespérément vides. L'école, puis le collège, puis le lycée, des contraintes acceptées sans grande conviction, élève très moyen, aucune chance de réussir, il le savait, comme ses frères avant lui, niveau terminale, c'était bien suffisant pour les ambitions du père. Son avenir s'étalait devant lui, morne et poussiéreux à l'image des chemins tracés par les pas de ceux qui l'avaient précédé et qu'il voyait s'embourber, puis s'enfoncer jour après jour, puis disparaître, retourner à la poussière, aussitôt remplacés par des fils exactement semblables, jusque dans leur façon de se délabrer en attendant, paisiblement assis au soleil, la fin de leur parcours trop lent, presque figé sous le poids des habitudes et des traditions que pas un d'entre eux n'aurait songé à bousculer.

Faire quelque chose de sa vie ! Justement on lui en donnait les moyens, on dessinait chaque jour devant ses yeux émerveillés et crédules, un monde où l'injustice aurait disparu, où tous les hommes communieraient dans le même amour, la même adoration, où tous les problèmes s'aplaniraient miraculeusement, une utopie qu'on lui disait réalisable sous certaines conditions. En premier lieu, l'élimination de tous ceux qui voudraient entraver le retour à la pureté originelle et viendraient mettre en doute le caractère sacré du désir partagé par des millions d'hommes disséminés un peu partout dans le monde. Comment pouvait-il résister à ceux qui lui affirmaient avec admiration qu'il faisait partie des élus, de ceux qui savaient que leur passage sur terre n'était qu'un tout petit moment bien insignifiant qu'ils devaient consacrer à mériter le bonheur éternel ?

Amina ne comprenait pas très bien ce que lui disait Sofiane les soirs où, exalté et fiévreux, il lui rapportait les discussions interminables qu'il avait avec ses amis et certains de ses professeurs. Mais elle le laissait parler, sans lui poser de questions, elle avait l'impression, et disant cela elle frissonne de tout son corps, que c'était un autre qui s'exprimait par sa bouche, et que lui-même n'aurait peut-être pas su lui répondre, qu'il ne l'aurait pas entendue, et elle avait trop peur de le perdre. Ce qu'elle retenait de ces discours incohérents et fébriles, c'étaient les mots, toujours les mêmes, chargés de violence, de mort, de haine, des mots qu'il ressassait comme pour mieux les faire pénétrer en lui. Mais elle était là, près de lui, essayait en vain de le suivre, attendait parfois qu'il s'essouffle pour lui dire... mais quoi ? Que pouvait-elle bien lui dire pour l'aider à se retrouver, elle qui n'avait rien à lui offrir que son pauvre amour bien inutile, elle qui n'était rien que son ombre fidèle, Kahloucha, la noiraude, qui de plus en plus le voyait s'éloigner sans pouvoir le retenir.

Sofiane est parti un matin d'hiver et de pluie. Tout de suite, en découvrant son cartable abandonné dans le couloir derrière la porte d'entrée, Amina a compris. Mais tout le jour elle a guetté son pas et cru entendre sa voix qui l'appelait. La nuit, sa mère a laissé la porte entrouverte pour qu'il puisse rentrer, se glisser sans bruit dans la maison, sans réveiller son père, et retrouver sa place dans la chambre auprès de ses frères. Sa place est restée vide, et la nuit suivante, le père a refermé lui-même la porte, sans dire un seul mot.

Il a les mains qui tremblent, faut pas croire, il a beau se dire très fort dans sa tête, au nom de Dieu clément et miséricordieux, il a le cœur à fleur de lèvres, si seulement elle ne le regardait pas comme ça, il ne peut même pas détourner les yeux, et les autres qui regardent, qui attendent, elle a juste une petite larme irisée au coin de l'œil, comme une perle, pourquoi ne crie-t-elle pas, elle ne bouge pas, il hésite encore, quel âge peut-elle bien avoir, à peine quelques années de moins que moi, mon Dieu, aidez-moi, je suis un combattant de Dieu, mon Dieu, rien d'autre que ton nom en moi, je ne sais même pas son nom, elle remue les lèvres, comme si elle voulait me parler, il se penche un peu plus, elle est à genoux, il saisit ses cheveux pour dégager sa gorge, dans ses mains il sent la douceur incroyable de cette lourde chevelure couleur de miel et d'ambre, la veine qui palpite au creux de son cou offert maintenant, il fait vraiment trop chaud, le soleil met dans ses yeux un reflet aveuglant, il lui dit ferme les yeux, mais elle ne l'entend pas, elle ne cille même pas, et son odeur, odeur de femme, semblable à celle de... le mal, c'est d'elle que vient le mal, toute cette souffrance qui remonte soudain en lui, corps du démon, toutes, perverses et tentatrices, il serre encore plus fort les cheveux dénoués, la petite larme coule le long de la joue, il entend les voix des autres autour de lui qui se rapprochent, ils ont fini eux, tout est calme maintenant, il n'y a plus que lui, il faut faire vite, si au moins elle criait, se débattait comme les autres, elle n'aurait plus ce regard dressé comme une lame, vite, je suis un combattant de Dieu, nous allons détruire le mal, purifier le monde, vite, ne pas oublier de réciter la formule rituelle, nacre frémissante de sa gorge tendue, et plus bas ses seins, mon Dieu, seul ton nom en moi, son regard noyé de soleil, ceci est le commandement de Dieu, le jugement de Dieu, il lève la main, et au bout de l'éclair fulgurant de la lame longuement aiguisée, c'est lui qui ferme enfin les yeux.

La rue est déserte et le soleil n'en finit pas de vibrer sur les toits et les arbres immobiles. Je peux aussi dire qu'il fait chaud. Continuer et dire la lumière aussi. Insupportable. Les yeux ouverts. La blancheur du temps.

La rue déserte, soleil immobile. Sauter les verbes. À cloche-pied. S'affranchir du verbe. C'est qu'ils pèsent lourd ces mots à l'intérieur, je veux dire en moi. Tout un tas grouillant dans mon ventre. Emprisonnés. Ne peuvent plus sortir. Les mots des hommes sont sales. Ils sont dans leurs yeux. Goût âcre. Fiel de la haine au fond de leurs silences. De leurs regards.

Ils ont de ces regards parfois. Giclants. C'est ça. Avec la crasse qui suinte de tout leur être. Avec la peur et la haine plus sales encore. Corps même de l'horreur. Vous n'avez rien compris. Il faudra bien pourtant.

Faire jaillir ces mots comme ils sont. Sales. Infects. Qu'ils sortent de moi comme une vomissure. Une excrétion. C'est ça. Qu'ils giclent, m'éclaboussent, remplissent la chambre de leur remugle. Évacués sans bruit ils rampent sur le sol. En procession. Cancrelats ailes collées au corps. Laissent avant de disparaître une trace gluante luisante. Tiens Louisa c'est le nom de ma mère. C'était. N'est plus là. N'est plus que cendres. Ou fumée. Cherche sa trace mais faut oublier ça aussi. Il a dit ça. Il faut oublier. Oublier ou. Rien n'a été. Exciser. Non, c'est pas ça. Exorciser il a dit. Extirper le mal. Il dit beaucoup de mots comme ça le docteur quand il vient. Cherche cherche encore. Des fois c'est tout blanc. Dedans. Ou noir. Pareil. Je change.

Le temps de trouver. Trouver le mot. Le choisir et le retenir. Écarter des deux mains les autres. Ils défilent maintenant. Silence. Mais les Soldats pétrifiés sortent du silence. J'aurais pas dû. À refaire. Tout recommencer. Point. À l'école on efface. Toute petite j'allais à l'école. Cartable et chaussettes blanches. Sage c'est ça. Toutes les petites filles sont sages. Ça c'est ce que je peux dire. Sans avoir mal. Tous les mots comme ça… Table Cahier Gomme Crayon Bureau Leçon de lecture « Selma et Nabil vont à l'école ». Tout doucement. Pas eux. Je vais tout doucement. Moi. Elle marchait dans les rues la petite fille. Claire et dorées. La petite fille. Les rues. Le soleil doucement sur elle. Je sais tout ça. Écoute. Regarde. Lis le nom brodé sur le tablier. Je m'appelle Katia. J'ai dix-sept ans. Je sais ça.

Reviens à l'école. Je sais que les enfants. Les oiseaux aussi. Je elle chante avec eux. Petite fille avec des tresses Katia joue à la marelle sur le trottoir. Jouait. Croix de craie.

Les Soldats pétrifiés ne jouent pas. Ils marchent et croient qu'ils avancent. Venus de la nuit ils me regardent. Ils vont. En rangs serrés exhumés de la terre piétinant de leur ombre la douceur des matins. Détresse.

Dans le sable aussi je jouais. Jouais à faire un trou. Un grand trou avec les mains. Très loin. Pour s'enfoncer au centre de la terre. Humide. Aride. Encore plus loin que ça. Pour se cacher de semblant je disais avant. Avant.

Jouer à s'enterrer sur la plage. Même la tête. Le sable coule sur moi. Petits grains. Étincelles. Vibre et s'en va de mes mains. Et puis sur mes cheveux. Dans ma bouche. Respirer. Je ne peux pas. Comment ils font tous les autres ? Essaye encore. Faut fermer les yeux. Laisse-moi. Je ne veux pas jouer à ça. Disparue la petite fille. Chasser tous ces mots.

Essayer le mot Fenêtre. Absolument carré. Inoffensif. Absorber le mot jusqu'à ce qu'il laisse passer la lumière. C'est fait. Maintenant je peux voir. Dehors les arbres frissonnent. Temps immobile. Comme tout à l'heure. Fait chaud encore. C'est peut-être l'été. Ou autre chose. La chaleur ruisselle et s'écoule s'en va de moi. Serpente et glisse. Longues traînées poisseuses. Encore. Elle va venir nettoyer. Pardon.

*

Ya khti waalech. Waalech*? Il ouvre la porte. Il se cogne le front contre le mur. Très fort. Plusieurs fois. Veut se faire mal lui aussi. Pourquoi ? C'est mon frère Rachid celui-là. Me revient brusque et clair son souvenir. L'un après l'autre. Pourquoi ? Je veux dire pourquoi il crie. Pleure. Un homme qui pleure. Silence. Soldats pétrifiés jusqu'au jour. Je ne veux pas. Il n'était pas là quand. Cette nuit-là. Pourquoi ? Il dit je veux plus la voir comme ça. Pourquoi ? *Waalech ?* Il a dit ça et puis. Ses mots à lui je peux pas les ramasser. Il faut fermer la porte.

*

Je recommence. Le mur d'abord. Non. Me fait mal ce mot. Trop dur. Chercher la fissure. Rien qu'une lézarde au milieu. Chaque jour un peu plus creusée. Comme un tatouage. Trop compliqué. Mais elle est là. Lézarde c'est ça. Un peu plus creusée par mon regard sur elle. J'en fais ce que je veux. Yeux ravinés à force de. Une à une j'enlève les écailles. Je descends. Je suis la lézarde. Je m'accroche aux parois asséchées. Au fond

---

* Ma sœur. Pourquoi ?

sur le lit de pierres je me couche. M'enfouis dans la rocaille. M'incruste. Des échardes aussi. Faut faire attention tu vas te blesser. Elle disait ça ma mère. Tout le temps. Mais elle ne savait pas. Tu entends ! J'ai fini. Dois remonter maintenant.

Bon. Après ? Je cherche. Repos.

Allez ouvre les yeux maintenant. Personne. Ils vont venir. C'est l'heure. Ils me laissent là, tout le jour, porte fermée, et puis ils viennent. J'entends. La voix de mon frère. Encore lui. S'écrase contre le mur. Voix rêche. Prêche. De l'autre côté du mur. Il n'entre pas lui. Veut pas me voir comme ça. Qu'est-ce qu'ils ont tous ? Tous de l'autre côté du mur. Fais la morte. Je suis morte depuis des jours. Ils ne savent pas. Ils me croient endormie. Depuis des jours.

Les Soldats pétrifiés ne bougent pas. Tapis dans la nuit ils ne parlent pas. Si. Il ne faut pas écouter leurs voix. Même si elles remplissent la tête comme le bruit de la mer dans un coquillage. Ils traînent leurs grosses chaussures sur le sable mouillé. Des traces encore. Si elle savait la mer ! Elle se cabre et se rue sur les plages abandonnées. Pour ça peut-être. Mais personne ne sait. Personne ne bouge.

Surtout ne bouge pas, ils disaient.

Ne parle pas.

Peux plus parler. Sais plus.

Les restes du soleil s'écrasent sur ma joue. Chaleur chavire comme un baiser. Ils vont venir tout à l'heure me dire ouvre les yeux maintenant. Les yeux ouverts dans la nuit. À quoi ça sert de faire ça. Ma nuit à moi est trop lourde. S'enfonce dans mes paupières. Peux pas ouvrir les yeux. C'est toujours la nuit. Dans ma voix aussi, je veux dire je ne sais plus. Elle s'est enfoncée en moi et ne veut plus sortir. Il n'y a plus rien.

*

J'ai dû dormir. Un peu. Ou longtemps qu'est-ce que ça peut faire ? Revenir très doucement. Sur la pointe des pieds. Attention il y a des gens autour de moi. Ils sont là. Eux ils sont chez eux. Je ne suis pas chez moi. Connais pas cette maison. Connais pas ces gens. C'est leur odeur. Je sais. Un nuage au-dessus de moi. Odeur grise mais à peine. Comme avant la pluie. Odeur et bruit mouillé de larmes. Ils pleurent encore. Sans bruit. Qu'est-ce qu'ils ont tous ? Frôlement de leurs voix au-dessus de moi. Ailes de chauve-souris. Je sais. Ils sont là. Leurs mots à eux ça fait comme des petits trous dans le nuage. Ils essaient de percer l'enveloppe mais c'est tout flou. Mou. Cotonneux. Celle qui pleure doucement prend ma main. Elle veut me dire. Quoi ? Elle aussi, elle dit : on ne peut pas la laisser comme ça. J'entends ses mots. Je peux aussi bouger. Des fois je peux bouger la main. Rien d'autre. Pour qu'ils s'en aillent. Me laissent seule dans ma nuit. Ils sont là autour de moi. Quelqu'un dit elle a bougé. Le nuage se rapproche et me cerne. Trop. J'étouffe. Il y a cette femme et son odeur si forte qu'elle imprègne jusqu'aux murs de la maison. Ou le contraire. Connais pas cette maison. Connais pas cette odeur. Comment dire ? Chaude et un peu sucrée avec des relents aigres et moites de femme. Par bouffées. De l'autre côté c'est sa sœur à elle. C'est ce qu'elle dit. Elle dit n'aie pas peur nous sommes là. Elle dit ma petite ma pauvre petite mais c'est pas mon nom ça. Son odeur à elle est moins chaude. Moins sucrée. Plus grasse aussi. Mais elles se ressemblent un peu. Les odeurs. Se mélangent au-dessus de moi. Il y a aussi une odeur d'homme. Lui je le reconnais. Il ne parle pas mais je sais qu'il est là. Odeur de baume après rasage, pas le même que celui de Rafik, mon amour, mon amour. L'odeur de Rafik revient. S'engouffre en moi comme une rafale. Je n'ai qu'à me laisser glisser là-dedans. Dans cette odeur fauve de désir de mâle qui sait se retenir. On disait ça tous les deux pour ne pas se laisser glisser. Funambules au bord du plaisir. Mais attention ils sont là. Et l'homme debout près de moi n'est pas Rafik. Va pas le chercher. Pas la peine. D'ailleurs il ne viendrait pas. Pourquoi ? *Waalech ?* Il est toujours là debout dans ma mémoire. Rafik. Lui seul.

L'homme debout qui n'est pas lui fait douce sa voix et douces ses mains sur moi. Les voilà tous ensemble au-dessus de moi. Ils disent ouvre les yeux nous sommes là. Encore ! Comme si je ne savais pas. Pas besoin d'ouvrir les yeux. C'est tous les jours comme ça. Ils viennent. Restent un moment. Et ils disent ouvre les yeux parce qu'ils veulent. Ce qu'ils veulent eux. Pas moi. Mais l'homme dit n'insistez pas, laissez-la. On l'écoute. Bruits de pas vers la porte. Souffle d'air sur mon visage. Il dit souvent des mots comme ça... Défaire le nœud. Ou bien encore le temps... laissez faire le temps. Comme une chanson. Avec mes mains de docteur avec ses mains aussi il essaie. Sur mon front. Sur mes cheveux. Crissement. Étincelles. Ma peau est hérissée de pointes de feu. Brûlante peut-être. Il retire vite ses mains avant que je...

Mon corps c'est ça : un morceau de bois mort calciné tordu. Se désagrège quand on le touche. Poussière cendres. Au-delà les forêts se noient dans le brouillard livide.

Cours sauve-toi ne te retourne pas. Forêt touffue Futaie Taillis fourrés je connais tout. Il me faut parcourir toute seule les allées sombres. D'autres mots-labyrinthes encore à franchir toute seule jusqu'aux lisières de mes entailles. Un deux trois soleil. Clairière. Stop. Non ! Ne te retourne pas ! Ils sont partis. Vide. Il faut fermer la porte.

Garder toutes les issues. Pour empêcher les ombres de pénétrer en moi. Leurs faces se dessinent déjà grimaçantes sur les murs sur le plafond. Peut-être même rampent par-dessous la porte. Ne pas laisser le jour s'éteindre. Mais je ne peux pas repousser la nuit si insidieuse si noire. Peux juste ne pas laisser la peur se répandre dans la chambre. Je dis ce mot Peur et le laisse couler en moi jusqu'à en être pleine. Me laisse habiter par la peur de ne pas oublier. C'est la nuit qu'ils viennent. Sortent de leurs tanières nauséabondes. Tisons ardents de leurs yeux au cœur de la nuit. Ils ont brûlé ma maison. Et tout le reste. Tout. Il n'y a plus rien. Rien que moi.

Peux même plus déplier les jambes. Quitter ce corps qui n'est plus à moi. Doucement. Les oiseaux blancs déploient leurs ailes avant de s'élancer vers le ciel. Inutile de. Je peux pas faire ça. Je reste collée au sol. Ne pourrais jamais. Je voulais pourtant. Au temps de l'amour. Avec Rafik. Nous. Je croyais pouvoir. Mon amour. Je n'ai plus que ça. Mon amour bat en mesure dans mon ventre. Me rythme et m'exile. Au-delà. Enfoui dans mon sexe. Tout bas. Peuvent pas me prendre ça.

On n'a pas le droit. Mais eux. Ils ne disent pas ça mais c'est là. Le même frémissement dans leur sexe. *H'chouma**. Même pour les mots. Les gestes. Et ils ont tout ça dans leurs yeux. Enfoncent en nous leur regard dur et

* *H'chouma* : la honte.

dressé comme un pal. Partout. Épieux. Pieux.
Le même mot. Arrête ça fait mal.

Je peux pas leur dire tout ça.

Reprendre au début. Tout au début de l'histoire. Peut-être que.
Le ciel bleu. La petite fille. Toute petite. Quand elle marchait petite chose vêtue de rose titubante et drôle. Criait quand elle tombait pour qu'on vienne la relever. Ils étaient là. Papa maman. Toujours. Jamais eu mal. Jouait à la poupée. Poupée corps rigide corps désarticulé. Et puis elle a appris des mots. Les répétait pour les faire entrer en elle pour les posséder. Attentive. Élève appliquée. Des mots pour construire le monde comme des pierres une à une ajoutées. Pour partager le secret des choses. Pour prendre aussi. Le premier mot appris : *aâtini* donne-moi. Donne-moi. Partout où j'allais. Désir de prendre d'apprendre peut-être encore plus. Me remettre dans ce corps drôle et maladroit. Tendre la main pour qu'on me donne. *Aâtini...* Pas pour qu'on me prenne. Je voulais.

Ils ont fini par me prendre. Où que j'aille même au plus haut de mon enfance au plus loin je les retrouve. Sont toujours là enfouis en moi. Les Soldats pétrifiés incrustés dans mon corps dans ma mémoire. Ils sont venus, m'ont prise. Leur souffle, leurs mains sur moi, corps écartelé.

M'enfonce seule dans les allées sombres. Cherche. Cherche encore au milieu des ronces. Ô maman *ya yemma laâziza* je t'ai cherchée appelée au fond de la forêt. Les yeux fermés. Peux plus dire ton nom. Nom de mère sur mes lèvres en sanglots exsudés de tous les pores de mon corps dévasté.

Je viens de très loin. Plus loin encore que l'irréparable. Que l'indicible. Lèvres désormais scellées.

C'est la nuit maintenant. Nuit bourdonne de trop de silence. M'ont laissée seule. Peux plus retenir les souvenirs qui déroulent leur cortège. Peux pas les suivre. Reste là derrière la porte. Je les attends les yeux ouverts. Peuvent plus venir on m'a dit. Trop tard. Sont déjà venus. M'ont emmenée prise dépecée. Pièce par pièce faut que je me retrouve. Peux pas. Ils sont là. Partout en moi.

Dans mes pieds tailladés mes jambes lacérées mon sexe déchiré mon ventre fouaillé mes seins mutilés corps étranger à vif écorché.

C'est ça faire sortir de moi les mots pour dire. Mais je ne peux plus parler. J'ai perdu ma voix. Poupée corps rigide désarticulé. Pas que ça. Elle ne veut plus de ce corps indicible.

Laisse pourrir corps décomposé. Purulent tout entier.

Y a plus que ces mots en moi qui viennent dans ma tête s'entrechoquent me font mal s'accrochent aux parois se répercutent en échos lointains me font mal faut les arrêter c'est ça dresser un barrage pierre à pierre une à une ajoutée les empêcher de pénétrer.

Cela fait déjà un long moment qu'elle se tait. Qu'elle ne les écoute plus. Elle a l'impression d'être isolée, entourée d'une épaisse couche de brouillard que les mots n'arrivent plus à traverser. Si seulement elle pouvait se lever de table, invoquer un malaise subit, s'en aller, rentrer chez elle pour ne plus en ressortir. C'est ça, s'enfermer, avec sur la porte un écriteau, prière de ne pas déranger, fermeture temporaire pour cause de saturation, le seuil de tolérance étant largement dépassé. Mais elle sait qu'elle n'aura jamais ce courage, même pas celui de dire tout haut ce qu'elle ressent à cet instant précis.

Neuf personnes. Il y a neuf personnes autour d'elle, hommes et femmes, assis ensemble dans la grande salle à manger généreusement éclairée par le soleil qui pénètre par les fenêtres ouvertes. Après le repas, comme de coutume, en passant au salon, les femmes se mettront à l'écart pour parler plus librement. Pour l'instant ils sont ensemble, confortablement installés pour un repas qui s'annonçait pourtant très agréable, en tous points semblable à ces dizaines de repas partagés chez l'un ou l'autre, à tour de rôle, ainsi que l'exigent les usages. Il n'y a là que des personnes appartenant au même monde, un groupe d'amis de longue date, partageant les mêmes idées, les mêmes peurs et les mêmes douloureuses incertitudes. Mais voilà plus d'une heure qu'ils sont à table, plus d'une heure aussi qu'ils n'ont pas changé de sujet de conversation. Hanya a l'impression que cela pourrait continuer indéfiniment, chacun a son mot à dire, son histoire à raconter. Elle entend cela depuis toujours, alors pourquoi ne peut-elle plus supporter ces mots ? C'est pourtant toujours ainsi que ça se passe. On commence par les civilités habituelles, en premier lieu comment vont les enfants, ah ! les problèmes de l'enseignement, tout un dossier que l'on feuillette assez rapidement avant de passer au temps qu'il fait, très froid ou trop chaud selon la saison, on fait un petit détour par les autres problèmes, la cherté de la vie par exemple, rendez-vous compte, tout est hors de prix maintenant, où va-t-on, il suffit de le dire comme ça pour s'en convaincre, malgré l'abondance inchangée des repas qui les réunissent, et puis, une fois les hors-d'œuvre terminés, on attaque le plat de résistance, avec pour accompagnement les dernières nouvelles glanées dans les journaux ou auprès de personnes bien informées dont on n'ira pas jusqu'à citer les noms. Alors commencent le décompte des morts, les récits des derniers massacres, des derniers faits d'armes, et l'on n'oublie aucun détail, en insistant même parfois sur les plus effroyables, comme si on ne pouvait se défendre d'une espèce de délectation mortifère. Les récits se succèdent, c'est presque de la surenchère. On dresse des bilans proprement hallucinants, sans oublier comme il se doit de complimenter au passage l'hôtesse pour la qualité de ses mets, certains en rajoutent même. L'un après l'autre, comme on raconterait de simples anecdotes, ils se lancent dans la description de scènes dépassant de loin tout ce qui pourrait se concevoir en matière d'horreur. Et curieusement, comme s'ils participaient à l'invraisemblance d'une réalité parfois très proche, les mots pourtant terribles semblent au contraire accentuer cette sensation d'irréalité, et les hurlements des suppliciés, les corps éventrés ou décapités ne sont que des images qu'ils se refusent à regarder trop longtemps. On se passe le sel ou la moutarde sur fond d'histoires dignes de figurer dans un livre des records spécialement ouvert à cette intention. Et les exclamations qui fusent de temps à autre, semblent témoigner d'une certaine curiosité, la même curiosité morbide qui pousse certains lecteurs à ne rechercher dans les journaux que la page des faits divers, avec une préférence pour les plus sanglants. On veut savoir, tout savoir, pour pouvoir plus tard raconter à son tour, raconter les mêmes histoires, avec le même luxe de détails, devant un autre auditoire tout aussi friand de nouvelles. Il y a la part inévitable des rumeurs, des « il paraît que », inévitable à cause du silence imposé aux médias, rumeurs amplifiées souvent à dessein ou par goût du sensationnel, elle ne sait pas trop, sans doute pour mieux marquer les esprits. Et c'est peut-être dans cet espace laissé au doute que la raison trouve une planche de salut qui lui permet de ne pas sombrer. Car, inexorablement, l'escalade se poursuit, agrémentée parfois de précisions qui font frémir les femmes pour quelques instants seulement, avant qu'elles ne se replongent dans leurs préoccupations quotidiennes. Toujours les mêmes, car la vie continue malgré tout, il faut bien, n'est-ce pas, et bien vite, comme pour se protéger d'une émotion dangereuse et parfois difficilement maîtrisable, les femmes reprennent leurs discussions, pendant que pour la énième fois, les hommes tentent sans trop de conviction d'analyser, d'expliquer, de raisonner, de comprendre.

Hanya continue de manger, de porter à ses lèvres des petits bouts de viande qu'elle découpe avec minutie, l'essentiel étant d'avoir l'air absorbée, tout entière concentrée sur cette délicate opération. Penser à lever les yeux de temps à autre, en s'efforçant de ne pas avoir le regard trop vide. Elle sent sur elle le regard de son mari, elle baisse la tête un peu plus, son assiette est presque vide maintenant, il s'agit de ne pas se faire remarquer. Bizarre ce qui lui arrive aujourd'hui, pourtant elle a l'habitude, cela fait des années maintenant, combien, quatre, cinq ans, toujours les mêmes personnes, toujours les mêmes histoires, avec quelques variantes, mais jamais elle n'a ressenti une telle horreur, une telle envie de... de quoi ? de hurler, de leur dire de se taire, non, jamais elle n'a ressenti un tel écœurement. Pourtant, d'habitude, à chacun de ces repas, chez elle ou ailleurs, Hanya ne se contente pas d'écouter, il lui arrive de parler elle aussi de ce qu'elle lit dans les journaux ou de ce qu'elle entend un peu partout autour d'elle. Comme eux tous, elle en parle avec un détachement soigneusement contrôlé, surtout ne pas paraître trop émue ou choquée, personne ne comprendrait. Comme tous les autres, elle pensait que les mots si souvent répétés ne servent qu'à essayer de donner un semblant d'ordre à une réalité trop chaotique, et qu'ils s'efforcent ainsi de garder toute leur lucidité pour essayer de comprendre, de prendre du recul, en parler, au moins pour ne pas perdre pied, et par là même, se convaincre que cela existe vraiment. Et c'est pourquoi, malgré la folie meurtrière qui ravage le pays, malgré la peur qui les assaille au moment où ils sortent de chez eux, tous les jours, et la tentation toujours présente de renoncer à tout, de se terrer, de ne pas s'exposer, le moins possible, ils continuent à travailler, à emmener leurs enfants à l'école chaque matin, à se retrouver, comme aujourd'hui, comme si rien n'avait changé dans leur vie. Ils ont seulement changé quelques-unes de leurs habitudes, quelques précautions à prendre, quelques réflexes à acquérir, souvent dérisoires, ils le savent, mais qui suffisent à leur donner une force illusoire mais nécessaire pour affronter chaque jour, chaque heure de leur vie.

Hanya essaie de comprendre ce qui lui arrive. Depuis le temps, elle se croyait blindée. Bien sûr, au début, comme tout le monde, elle réagissait violemment, elle pleurait, et chaque mort annoncée, chaque assassinat la laissait un peu plus meurtrie, un peu plus désemparée. Sans avoir reçu de menaces directes, elle se sentait constamment en danger, et vivait, comme tout le monde, dans une angoisse perpétuelle qui ne lui laissait aucun répit. Elle avait peur, pour elle, pour son mari, pour ses enfants, pour tous ses proches. Elle continue à avoir peur, mais elle s'est habituée à sa peur, elle a réussi à la tenir en laisse, au point de l'oublier parfois, jusqu'à ce que des rafales toutes proches ou le fracas de l'explosion d'une bombe la fassent resurgir, intacte et dévorante. Elle a toujours le cœur qui tremble lorsque le téléphone sonne très tard le soir ou trop tôt le matin, cette hésitation aussi avant d'ouvrir le journal, de crainte d'y découvrir à la rubrique nécrologique le nom de l'une ou de l'un de ses amis, la liste est déjà bien longue, et certainement pas encore close, mais la révolte, la vraie, celle qui l'avait poussée à sortir dans les rues avec d'autres femmes, un jour ensoleillé de mars, contre l'avis de tous les siens, de son mari en premier lieu, tu es folle, tu ne te rends pas compte, c'est dangereux, on pourrait te reconnaître, et qui l'avait vue revenir chez elle totalement aphone à force d'avoir crié toutes sortes de slogans, emportée dans ce qu'elle avait considéré plus tard comme une catharsis, cette révolte-là s'est émoussée, laissant peu à peu place à... comment dire, non pas tout à fait de l'indifférence, mais plutôt une sorte d'accoutumance, comme si l'excès même de souffrance et de détresse avait fini par annihiler toute réaction en elle. Elle se surprend même parfois à se demander si elle n'a pas perdu quelque chose d'essentiel, la faculté de réagir justement, et si, pour cette raison, elle ne devenait pas elle aussi un peu moins humaine. Oui, elle se pose souvent cette question, et voilà qu'elle se retrouve en cet instant submergée par une vague d'écœurement si puissante qu'elle se transforme en une colère irrépressible. Contre elle-même d'abord, cette absence de réaction, ce silence depuis tant d'années, cette complaisance, tous ces faux-semblants, ce besoin qu'elle a de vouloir se couler dans l'image qu'elle veut donner d'elle, attentive, disponible, juste ce qu'il faut, surtout ne pas se distinguer par quelque originalité ou quelque éclat intempestif, ce qui serait impardonnable pour une femme, oui, se couler de force dans un moule qui commençait déjà à se fissurer, elle le sentait mais elle se croyait suffisamment forte pour colmater les brèches... et voilà maintenant qu'il craque sous l'effet de cette colère qu'elle ne peut s'empêcher de retourner contre les autres.

« Et si on parlait d'autre chose ? » Elle a crié. Elle s'en rend compte au moment même où les mots dépassent ses lèvres. Elle ne reconnaît pas sa voix, s'étonne elle-même de cette curieuse stridence qui fait passer dans tous les regards un début d'affolement, une stupeur qui fige tous les gestes et interrompt toutes les conversations.

Elle a autour d'elle neuf personnes sidérées, c'est bien le mot qui lui vient à l'esprit en les regardant, sidérées comme si elle avait lancé un contre-ut de façon aussi inattendue qu'insolite. Elle aurait presque envie de rire devant leur expression, elle aurait certainement ri en d'autres circonstances, mais son exaspération ne fait que croître quand elle rencontre le regard courroucé de son mari, il n'a pas mis trop de temps à reprendre ses esprits lui, bien sûr, il doit penser déjà à la manière d'arranger les choses, de rattraper ou même d'expliquer cette réaction incompréhensible, excessive, de l'excuser auprès des autres, oui, nous sommes tous sur les nerfs, qui ne le serait pas avec « ce qui se passe » dans notre pays, formule consacrée maintenant parce que les mots pour dire ce qui se passe restent encore à inventer, tout en se promettant d'avoir une explication avec elle dès qu'ils seront chez eux, peut-être même avant, dans la voiture, sitôt qu'ils auront démarré. Elle lit tout cela d'un seul trait dans ses yeux, dans sa façon de froncer les sourcils, oh, elle le connaît bien, elle peut deviner les mots avant qu'ils n'atteignent ses lèvres, il lui arrive même de terminer les phrases à sa place. Au moment où il fait un geste dans sa direction, sans rien dire, elle se lève et va s'asseoir dans un des fauteuils du salon en leur tournant résolument le dos.

Leïla accourt aussitôt, elle se penche sur elle et lui prend la main, « Alors, Hanya, dis-moi, qu'est-ce qu'il y a ? Ça ne va pas ? Tu ne te sens pas bien ? » Elle a une lueur inquiète dans les yeux. Hanya l'aime bien. Elle a tout de suite envie de la rassurer, de s'excuser. Comme ce serait facile, c'est vrai, elle ne se sent pas très bien, elle pourrait très bien lui dire : ne t'inquiète pas, ce n'est rien, dans un moment ça ira mieux, j'ai besoin d'être seule pendant quelques minutes, elle a les phrases toutes prêtes dans sa tête, le ton même sur lequel elle voudrait les dire, un ton dolent, pour mieux la convaincre, simuler, encore, mais c'est au-dessus de ses forces, les mots restent coincés dans sa gorge, pourtant elle sait bien que Leïla est douce, que sa sollicitude n'est pas feinte, même si elle l'agace profondément à cet instant.

Non, elle ne peut rien dire, rien faire non plus, et c'est cette impuissance qui la fait trembler maintenant, de la tête aux pieds, d'une rage qu'il lui faut à tout prix contenir, parce qu'elle ne sait plus vraiment vers qui la retourner et qu'elle lui semble sans objet. De quel droit pourrait-elle demander à ses amis de se taire ? Elle n'avait qu'à décliner l'invitation. Elle savait, hier déjà en lisant le journal, elle avait prévu les commentaires du jour, elle avait repéré les articles qui seraient repris presque mot pour mot par l'un ou l'autre des convives. « Encore un massacre de civils dans la région de Blida », « Effroyable boucherie dans un petit village : trente-deux personnes égorgées dont quatorze femmes et trois enfants », tels étaient les titres des manchettes, suite en page deux, elle a lu les articles en entier, sans même frémir, juste avant d'aller chercher les enfants à l'école, elle n'en a oublié aucun détail, les cris, les supplications des victimes, les couleurs aussi, l'eau rougeâtre qui s'écoulait sous la porte de la morgue, le linge blanc recouvrant les cadavres, le ciel bleu, oui, même le ciel, les camions gris et sales transportant les corps, des bennes à ordures, les journalistes font bien leur travail, ils informent, du moins quand ils le peuvent, tout y était soigneusement décrit, il n'y manquait plus que l'odeur, mais cela viendra peut-être un jour, ce pays est déjà en état de décomposition, et voilà que ce qu'elle avait lu jusqu'au bout, elle n'avait pas supporté de l'entendre, comme si la voix d'un homme donnait une autre réalité aux mots et faisait apparaître de façon encore plus crue cette intolérable réalité. Elle ne pouvait pas leur reprocher de lire le journal en s'attachant aux détails et aux images les plus sordides, mais elle se souvient avoir pensé en écoutant ce récit, au terrible contraste entre l'atmosphère si policée du repas, l'impeccable netteté de cette espèce de cocon dans lequel ils se trouvaient, et la barbarie des scènes évoquées.

Hanya sent la main de Leïla sur ses cheveux, une légère caresse qui se veut apaisante. Si seulement elle pouvait s'endormir, là, tout de suite, et ne se réveiller qu'une fois le cauchemar terminé, car les rêves les plus terribles sont ceux que l'on croit faire alors qu'on est éveillé. Combien de temps leur faudra-t-il encore avant de sortir de ce mauvais rêve, et même s'ils s'en sortent, combien de temps leur faudra-t-il pour l'oublier ? Tous ces morts hâtivement enterrés, très vite oubliés, combien au juste, on arrondit les chiffres, qu'est-ce qu'une vie de plus ou de moins dans un pays totalement exsangue, peuplé d'hommes et de femmes que la peur et l'égoïsme ont rendus presque sourds et aveugles à la souffrance des autres.

Hanya et Leïla se taisent, sans doute plus proches dans leur silence qu'elles ne l'ont jamais été. Hanya sait qu'elle n'a pas besoin de s'excuser. Qu'elle n'a même pas besoin de trouver des mots pour expliquer. Que tout ce qu'elle pourrait dire ne saurait rendre l'incommensurable souffrance des hommes et des femmes sur lesquels s'acharnent, peut-être même à ce moment précis, des bourreaux qui n'ont plus rien d'humain. Elle sait aussi qu'en cet instant, Leïla est traversée par les mêmes images, qu'elle doit ressentir la même impuissance, le même désespoir. Qu'ils sont sans doute des milliers, qui tous les jours, essaient de trouver dans les gestes quotidiens un dérivatif face au danger de déraison qui les guette. Que pourraient-ils bien faire d'autre ? Peut-être est-ce de cette façon qu'ensemble ils résistent à la terreur devant la mort qu'on sème autour d'eux, sans discernement, sans logique aucune. Elle se souvient des paroles de l'un de ses anciens camarades à l'université, un professeur de français, poète aussi à ses heures, rencontré quelques jours avant sa mort, assassiné en allant acheter son journal, c'est cela aussi les gestes quotidiens. Il faut continuer, disait-il, faire comme si demain était possible, et il se savait menacé... Elle comprend mieux aujourd'hui, oui, les mots sont essentiels. Mais dire les choses de cette façon, s'en détacher, continuer à faire comme si, tenter surtout de préserver coûte que coûte un espace de vie « normale », encore que cet espace se rétrécisse de jour en jour, au point qu'elle y étouffe, est-ce vraiment cela qui les sauvera ? Cela leur permet de survivre, rien de plus, d'avancer en espérant ne pas trouver sur son chemin une voiture piégée ou l'un de ces engins infernaux destinés à réduire par la terreur toute une population. Quant au reste... Non, elle ne sait pas prier.

Hanya est seule maintenant. Leïla s'est levée, elle est allée rejoindre les autres. Autour de la table, les conversations ont repris ; des bribes de phrases lui parviennent, qu'elle ne cherche pas à comprendre. Il lui semble que les voix se sont assourdies, comme lorsqu'on se trouve au chevet d'un malade qu'il ne faut pas déranger. Hanya a compris maintenant que son cri n'était que l'expression, peut-être trop vive, de ce sentiment de culpabilité qui remonte souvent en elle quand elle se surprend à essayer justement de vivre normalement, comme si ses rires et les rares instants de bonheur qu'elle arrache de temps à autre à la vie, étaient une sorte de trahison, une offense à la mémoire de tous ces morts au visage inconnu, qui viennent presque toutes les nuits hanter ses rêves. Et cette question que sans cesse elle se pose : que faire ? Comment se battre, lutter contre un ennemi au visage inconnu lui aussi, comment résister ? Comment faire front contre la terreur... sinon en refusant de la laisser envahir chaque instant de sa vie, sans toutefois la nier ? Oui, il lui semble qu'elle comprend maintenant. Et soudain, elle revoit, comme sur des instantanés saisis sur le vif, les images de ces jeunes filles dans les rues, affrontant la peur, la tête découverte et les jambes nues — courage ou inconscience ? —, ces couples marchant la main dans la main, enfermés dans leur amour comme dans une bulle imperméable à toutes les laideurs qui les entourent, ces groupes de jeunes gens qui n'importe où, à n'importe quel moment, improvisent des chants et des danses sous les yeux amusés des badauds, ces enfants qui remplissent les rues de leurs cris et de leur insouciance en sortant de leur école, et puis d'autres images, plus fortes encore, qui viennent se superposer, les files d'hommes et de femmes de tous âges venus en masse à l'hôpital donner leur sang tout de suite après l'explosion qui avait ravagé leur quartier, et ces jeunes filles aussi, ces femmes qui des balcons jetaient leurs plus belles couvertures pour recouvrir les cadavres des victimes, au bas de leur immeuble, toutes ces images à la fois simples et merveilleuses dont jamais jusqu'à ce jour elle n'avait mesuré la force, images d'une vie qui jaillit irrésistiblement, aux moments les plus inattendus, pareille à une source qui trouverait son chemin sous des monceaux de boue.

Hanya se lève. Elle va à son tour rejoindre les autres. Elle ne leur demandera pas de se taire, de parler d'autre chose. Elle va simplement s'asseoir avec eux, les écouter parler, raconter, mettre des mots sur une réalité insoutenable et qui le serait encore plus si elle était niée par le silence. Elle sourit en croisant le regard encore surpris de son mari. Elle se souvient de son ami, le poète assassiné, qui cherchait des mots sous la cendre des jours... Donner la parole aux mots, disait-il, et faire comme si demain était possible.

« À mon tour de parler maintenant, Sidi*. Quel honneur pour moi de te voir ici, dans cette pièce indigne de toi ! Mais il n'est pas dit que tu auras frappé en vain à ma porte. Je sais où la trouver cette créature qui hante tes rêves, trouble tes nuits et t'amène devant moi tremblant comme un adolescent. Je sais exactement ce qu'il te faut... Qui mieux que moi saurait te la dépeindre telle que je l'ai vue, il n'y a pas si longtemps, baignant son corps plus lisse que du marbre au hammam de la ville ? Imagine... Un corps de gazelle, souple, élancé, oh, à peine cuivré ! Des joues comme des pétales de rose et des cheveux

---

* Sidi : Monsieur, Seigneur.

aussi doux que de la soie, plus noirs encore qu'une aile de corbeau se déployant dans le ciel. Et ses yeux, Sidi, des yeux de biche, surmontés de sourcils si fins qu'on les croirait tracés au pinceau, un regard plus vif que le trait d'une flèche, dérobé par de longs cils, comme une palme que rabattrait délicatement le vent. Laisse-moi continuer ! Ne sens-tu pas à présent le parfum émanant de son corps ? Un parfum subtil, envoûtant, du musc et de l'ambre dans un jardin planté de jasmins... Gare à celui qui s'en approcherait trop ! C'est cette odeur, j'en suis sûre, qui imprègne tes narines et fait frémir ta moustache... Elle sera à elle seule toutes les femmes que tu as rêvé posséder... L'encens de tes nuits, la lumière de tes jours ! Tes yeux se troublent, Sidi, et ta respiration semble plus rapide... Ton désir monte, je le sens, et ton souffle brûlant me fait suffoquer. Veux-tu un peu d'eau fraîche ? Tiens, c'est de l'eau de source, aussi pure que cette jeune fille qui sera tienne un jour, par ma foi ! Aussi douce que le velours de ce siège que tes mains caressent fébrilement. Ah ! Tes yeux se ferment. C'est elle que tu vois sous tes paupières baissées. Elle est là, dressée devant toi, la tête recouverte d'un voile transparent, diaphane.

Elle attend... Dois-je me taire à présent ? Peut-être entends-tu sa voix, semblable au frisson cristallin de l'eau qui court dans la rivière un matin de printemps. Et le tintement mélodieux des *khelkhals** d'argent à ses chevilles, plus doux à ton oreille que le bruit des pièces d'or dans ton escarcelle, parvient-il jusqu'à toi ? Là... elle s'agenouille devant toi. Tu pourrais presque la toucher... non ! Ne bouge pas ! Garde encore un instant les yeux fermés ! Les visions disparaissent dès qu'on croit les étreindre... Mais oui, elle t'appartiendra, si telle est la volonté de Dieu le tout-puissant ! Quelle famille ne serait honorée de s'allier à un homme aussi éminent que toi ? J'ai eu à accomplir des missions bien plus difficiles et autrement délicates que celle-là, et grâce à Dieu, tous ceux qui ont eu recours à moi n'ont pu que se louer de mes services, tu le sais bien, toi qui es venu jusqu'ici ! Sache encore une fois que tu n'auras pas frappé en vain à cette porte ! Tant de jeunesse et tant de beauté ne sauraient être à un autre... Pourquoi devrais-tu te contenter jusqu'à la fin de tes jours, de ton épouse qui n'est aujourd'hui que chair flasque et défraîchie ?

---

* Anneaux d'or ou d'argent enserrant les chevilles.

Oui, je sais, elle est la mère de tes enfants. Elle t'a donné des fils qui sont à présent des hommes, que Dieu te les garde, et des filles encore plus belles que ne l'était leur mère à leur âge. Dieu fasse qu'elles honorent leur père et qu'elles soient mariées à des hommes de bonne famille, aussi bons et aussi généreux que toi! J'ai déjà mon idée là-dessus, et nous en reparlerons quand le moment sera venu, si tu le veux. Mais il est question de toi maintenant. Non, il n'est pas dit qu'un arbre aux branches encore vertes et au tronc regorgeant de sève sera prématurément voué aux rigueurs de l'hiver! Notre prophète bien-aimé, que le salut soit sur lui, n'avait-il pas dans la force de l'âge pris pour épouse la douce et jeune Aïcha, belle entre toutes les belles? Moi-même, qui ne suis qu'un vieux sac d'os fatigué et inutile à présent, j'ai été à seize ans la deuxième épouse d'un homme plus âgé que ne l'était mon père. Mais, vois-tu, Dieu ne m'a pas donné le bonheur d'enfanter, et c'est pour cette raison que j'ai été bien vite répudiée. Voilà pourquoi je vis seule, comme tu le vois, me préoccupant uniquement de faire le bonheur de ceux qui le méritent. Mais oui, je le sais bien, tu ne vas pas répudier ta femme! C'est une femme très pieuse, une femme remarquable, je le dis souvent. Elle comprendra, comment pourrait-il en être autrement ? Un homme aussi respectable que toi ne devrait pas avoir à aller à la ville voisine une fois par mois, chercher de quoi satisfaire ses sens ! Ne détourne pas les yeux ! Il n'y a rien de plus normal ! La mère de tes enfants est depuis bien longtemps fatiguée des jeux de l'amour et ne partage plus ta couche, je le sais. Nous autres, femmes, n'avons pas les mêmes désirs et les mêmes besoins que vous, bien heureusement... Tu sembles étonné, Sidi ? Tu l'ignores peut-être, mais je sais tout, je vois tout, même ce qui se cache derrière les murs les plus épais, les portes les plus massives. Je suis ce qu'on pourrait appeler l'oreille et la mémoire de cette ville. Cela te fait sourire... Sais-tu que j'entends dans la nuit le pas de l'homme aviné qui titube en rentrant chez lui, accueilli par sa femme qui saura retenir ses cris s'il la bat, par peur du scandale. Je suis vieille, mais ma vue est aussi acérée que celle de l'aigle et je vois les signes furtifs que s'adressent les tourtereaux sur les terrasses indiscrètes à l'heure de la sieste, quand tout est désert et qu'il faudrait être fou pour faire un pas sous le soleil brûlant. Dieu m'est témoin que je ne cherche pas à nuire, mais il est de mon devoir de mettre en garde les époux trahis, les pères déshonorés et les jeunes gens abusés et naïfs, tous, proies faciles pour nous femmes. Je vais de maison en maison et tous me connaissent, tous me craignent. J'assemble les fils de mon ouvrage patiemment, inlassablement et il n'est pas de famille qui ne soit venue se prendre à ma toile. Combien en ai-je sauvé du déshonneur et de l'opprobre ! Qu'il me serait facile de te citer des noms, de te raconter... Il est bon parfois d'ouvrir les yeux de ceux qui ne voient pas ! Que m'importe si certains se détournent à mon approche, de peur que je ne dévoile leurs turpitudes et si des fenêtres se ferment quand je passe ! Personne ici ne pourrait dire mieux que moi ce que renferment les patios silencieux et les chambres obscures. Je sais cependant être aussi muette qu'une tombe... Tu te tais, Sidi ? Un homme comme toi n'a rien à craindre en dehors de la colère de Dieu ! Tes mains tremblent, Sidi, est-ce d'impatience ? Il est vrai que je m'égare... Tu n'es pas venu jusqu'à moi pour écouter mes divagations. Non, rassure-toi, je n'oublie pas ce qui t'amène ici. J'irai demain, dès la première heure pour me renseigner. Je sais de qui elle est la fille. Et je sais aussi, par mille subterfuges, obtenir tous les renseignements que je désire. Et si elle n'est pas déjà promise, rien ne pourrait l'empêcher d'être à toi. N'es-tu pas l'un des hommes les plus respectés et les plus riches de la ville ? Et cet argent que tu amasses depuis tant d'années et que tu dissimules soigneusement dans le coffre dont toi seul connais l'emplacement, mieux vaut qu'il te serve à réaliser tes rêves et à adoucir tes nuits, plutôt que d'être dilapidé par tes fils après ta mort ! Oh, oui, tu sauras certainement la contenter, bien mieux que ne saurait le faire un jeune écervelé fougueux et maladroit ! Qu'elle soit à peine nubile et plus jeune que la plus jeune de tes filles, quelle importance puisque c'est là ton vœu ! Je te le dis, il n'est pas loin le jour où elle franchira le seuil de ta maison, le jour où, vêtu du burnous blanc des mariés, tu iras la retrouver dans la chambre nuptiale ! Ah, je me souviens encore des cérémonies d'autrefois ! Je me souviens même de tes premières noces. Je te revois, Sidi, marchant dans les rues de la ville, la tête haute, fier et droit comme seuls peuvent l'être les hommes de ta trempe... Que de cœurs as-tu traînés derrière toi, sans le savoir ! Et si tu avais prêté l'oreille, tu aurais entendu les soupirs des belles derrière les volets clos ! Tu ne sais pas, toi l'homme, ce qui peut se passer dans les gynécées obscurs dès que se ferment les portes et que s'en vient la nuit comme un éteignoir ! Il était encore loin le temps où les nuits ne servent qu'à dormir, à délasser les membres fatigués et surtout à oublier... Les nuits, en ces temps-là, étaient traversées de cris étouffés, de gestes malhabiles, de peurs aiguës et de jeux pas toujours innocents... et les petits matins bien souvent hagards... Ah ! Je vois que tu rougis, Sidi... Et cette lueur dans tes yeux... Aurais-tu souvenir de quelque rêve ? Seuls les rêves nous permettent d'aller jusqu'au bout de nous-mêmes... Tu rêvais Sidi t'en souviens-tu ? que tu entrais dans la chambre où dormaient tes sœurs, en ces nuits d'été torride, quand portes et fenêtres ouvertes ne laissaient passer aucune fraîcheur, pas le moindre souffle d'air. Tu rêvais quand tu t'attardais à contempler leurs jambes dénudées et leur corps offert au sommeil. Et c'est dans l'inconscience du rêve que tu t'approchais de la plus jeune d'entre elles, la plus belle aussi... c'est en rêve encore que tu t'allongeais tout contre elle pour respirer son odeur et écouter son souffle paisible et que tu te frottais contre elle jusqu'à l'extase.

Elle était si belle ! Un corps de gazelle à peine formé, des petits seins d'albâtre... Belle, douce, endormie, sans défense... Où vas-tu ? Reste ! Tu m'écouteras ! N'aie pas peur surtout, les rêves sont faits pour être enfouis au plus profond de notre conscience. Il arrive même qu'on les oublie en ouvrant les yeux au matin ! Ne crains rien, Si El Hadj*, ta piété t'a lavé de tout. N'es-tu pas l'homme le plus respecté de la ville ? Qui pourrait bien prêter l'oreille aux divagations d'une vieille folle ? *Mahboula***, c'est ainsi que l'on m'appelle ici, et les enfants qui ne s'enfuient pas en me voyant, me jettent des pierres en se moquant de moi, sans pitié ni considération pour mon âge ! Ta pauvre sœur n'a jamais eu à subir ce sort. Ta mère la gardait soigneusement enfermée. Dieu a eu pitié d'elle la malheureuse, et l'a rappelée à lui bien tôt ! Aucun sortilège n'a réussi à chasser les djinns qui avaient pris la possession de son corps. Toutes les prières et tentatives d'exorcisme ont été vaines... Elle était si belle... C'était une vraie pitié de la voir s'étioler sans savoir pourquoi ! Mais il

* Titre donné à ceux qui ont accompli le pèlerinage aux lieux saints.
** Terme familier pour désigner une femme atteinte de folie.

était écrit qu'elle ne serait jamais femme et même le sang menstruel qui nous délivre des impuretés n'a jamais pu s'écouler de son corps meurtri ! Et personne n'a jamais pu savoir pourquoi ! Que de nuits ai-je passées auprès d'elle avec ta mère, la sainte femme, qu'elle repose en paix à présent, des nuits et des nuits à implorer Dieu qu'il veuille bien chasser de son esprit malade les visions insensées qui la faisaient hurler de terreur et les délires extravagants qui sortaient de sa bouche ! C'est ainsi, vois-tu... Les secrets les mieux gardés s'échappent un jour... Oui, on ne sait jamais par quel interstice ils peuvent se glisser. Tant de souffrance pour des rêves ! Elle a enfin trouvé la paix la malheureuse ! Mais... qu'as-tu ? Tu suffoques, Sidi ? C'est vrai qu'il fait brusquement très chaud dans cette pièce. Toute la chaleur accumulée retombe avec la fin du jour. Laisse-moi ouvrir la fenêtre, nous aurons un peu plus d'air ! Non ? Tu as raison, il ne faut pas que l'on puisse nous surprendre et surtout entendre ce que tu as à me dire. Tu ne dis rien ? Mais non, il n'est pas encore temps de t'en aller ! Nous avons encore bien des détails à régler ! Rassure-toi, je n'oublie pas, même si mon esprit erre de temps en temps. C'est que je me fais bien vieille, vois-tu... Tu ne m'en voudras pas si les souvenirs se réveillent sans que je les aie sollicités... C'est Dieu qui a guidé tes pas vers moi. Et cette petite... Oui, cette petite qui te fera retrouver, dis-tu, un peu de cette jeunesse qui t'échappe, tu la veux aussi jeune et aussi pure que ne l'était ta sœur, euh non... je veux dire ta femme, la première fois que tu l'as prise. T'en souviens-tu ? Tu ne l'avais jamais vue auparavant. J'étais là, mais oui ! C'est moi qui l'avais accompagnée jusque dans la chambre le soir de vos noces et qui ai eu la première en main la preuve de sa virginité. Te souviens-tu de l'instant où tu as relevé le voile pour découvrir son visage ? De ta surprise devant ses yeux de biche effarouchée et sa chevelure de soie aux reflets d'ébène ? Et son corps, ce corps indocile et apeuré qu'il t'a fallu dompter, non sans mal ? Ah si vous pouviez de votre seule force de mâle dompter aussi bien les idées insensées et les images impures qui viennent tourmenter parfois même les plus sages des femmes ! Que Dieu me pardonne si je blasphème, mais Il n'aurait jamais dû donner aux femmes le pouvoir de rêver, d'aimer, de désirer... car c'est cela qui leur permet d'échapper aux hommes ! Ah ! Le monde aurait été bien différent! Hélas, la main de l'homme jamais ne pourra bâillonner les rêves! Toi-même, sais-tu ce qui se cachait derrière le visage lisse et opaque de ton épouse, aussi hermétique que les portes derrière lesquelles tu la tiens enfermée, lorsque tu la chevauchais comme tu aurais chevauché une monture bien dressée ? C'est vrai, elle ne s'est jamais cabrée. Un trésor de patience et d'attentions silencieuses et une mère exemplaire! Oui, c'est elle que je donne en exemple à toutes les jeunes femmes impatientes et capricieuses qui viennent me dire qu'elles sont lasses d'un mari qui ne peut plus les satisfaire. Et il y en a aujourd'hui, bien plus qu'on ne le croit! Les temps ont changé hélas! Oh, elles sont soumises et vertueuses en apparence, mais ai-je besoin de te le rappeler, les plus solides des barreaux et les plus hauts des murs ne peuvent avoir raison de la duplicité d'une femme. Elles sont belles, jeunes, mais par-dessus tout, insatiables... et il est difficile de les contenter. Surtout quand la vigueur de l'homme qui croit les posséder n'est plus qu'une illusion entretenue avec de la poudre de cantharide et autres recettes miraculeuses! Peuh...! Tous les trésors du monde ne suffiraient pas à retenir le temps qui passe ! Mais... tu sembles bien fatigué, Sidi, tu as du mal à te lever. Tiens, voici ta canne. Il est temps pour toi d'aller te reposer. Et surtout, fais bien attention, la nuit vient de tomber et les rues ne sont pas éclairées ! Va, et ne m'oublie pas dans tes prières... »

Est-il déjà trop tard ? Les deux mains autour du visage, elle essaie d'effacer les plis aux commissures de ses lèvres, de remonter le temps. Dans le fragment de miroir qu'elle vient d'extraire de sa cachette, elle s'assure qu'aucune ride n'étoile encore ses yeux.

Elle se lève. Au centre exact de la chambre, elle ôte un à un tous ses vêtements.

Elle est nue.

Elle déroule ses jambes en arabesques lentes et dans ses hanches ondulent encore les airs triomphants de sa jeunesse. De ses mains de magicienne s'échappent des oiseaux en frissons légers et leurs ailes lui caressent doucement le visage.

Quand il n'est pas là, elle danse.
Au bord du jour qui tombe des fenêtres, la lumière dérive et traîne ses écharpes blafardes sur les murs.

Un à un, elle a ôté ses vêtements et de ses cheveux ruisselants, elle se fait un voile de ténèbres.

Les fenêtres sont hautes et les portes sont fermées. Il la croit prisonnière. Il a mis des barreaux sur ses rêves et des boulets à sa vie. Chaque matin, il emporte les clés avec lui. Il ne revient qu'à la nuit.

Il ne sait pas, non, il ne sait pas que par ce seul geste il la délivre. Quand il n'est pas là, elle danse, et le jour lui appartient. La nuit aussi parfois. Quand, tout près de lui, ses songes la déchaînent. Sa main qui glisse l'emporte et ses doigts tracent les chemins ensoleillés de ses voyages.

Redis-moi encore, mon âme, ces mots plus légers qu'un souffle, nous allons si tu veux nous perdre, suis-moi, je saurai où te mener.

Les yeux ouverts, elle guette sur le sol la lente reptation du jour qui commence et se glisse sans bruit à travers les barreaux dressés aux fenêtres.

Elle arrache de son corps les oripeaux tissés de mensonges et de simulacres, et se revêt de soie diaphane et de délires. Invisible et plus légère qu'une bulle, elle s'envole au-dessus des villes peuplées d'hommes aveugles et de chiens couchants. Elle est de feuilles et de fleurs dans la lumière verte qui fait trembler les aubes frileuses et se défait en tourbillons graciles jusqu'à n'être plus que l'instant extrême du plaisir.

La haine explose en gerbes de feu. Puis elle retombe, cendres nacrées au cœur du silence.

Avec lui, le silence est entré dans sa vie.

Quand il n'est pas là, les mots jamais dits, les mots réprimés, ligotés, oubliés, jaillissent en bonds volubiles, tournent autour d'elle dans une ronde effrénée avant de s'écraser au seuil de ses lèvres fermées.

Elle connaît maintenant la force, chaque jour plus grande, plus encore, la violence de ce silence qui désespère, qui exténue, qui délabre, qui corrode, à vouloir échanger chair vive contre dureté minérale, bloc de granit imputrescible, corps irrémédiablement scellé.

Autrefois, elle ne savait du silence que les chants murmurés des matins clairs.

Autrefois dans sa vie, il y avait des voix, des rires de femmes sur les terrasses gorgées de lumière et dans les cours ombreuses. Les courses, les cris et les rires entremêlés des enfants ivres de soleil dans les rues dorées de son enfance. Les mots tout simples jetés par brassées sur ceux qu'on aime. Les mots aussi pour dire la véhémence du bonheur et la banalité des instants enchâssés dans la banalité des jours.

Il lui a fallu beaucoup de temps pour apprendre, quelques années peut-être. Elle ne compte plus.

Mais elle a appris. Elle n'est plus maintenant qu'une ombre dévorée de haine et brûlée de silence.

Elle a jeté dans l'eau sombre du puits les souvenirs du temps parcouru jusqu'à lui, le souvenir aussi de la petite fille aux yeux déjà tristes comme embués de la détresse des jours à venir. Rageusement, elle arrache d'elle les rêves d'autrefois, inscrits dans son corps, les sourires inscrits sur les façades aveugles, la peur apprise dès son enfance, surtout ne dis rien, les yeux baissés, soumise, elle approuve. Elle sait à présent dompter les rêves, lisser son visage, masque, acier trempé, mensonges et simulacres. Ne reste maintenant que la pointe aiguë de son désir.

Le silence déborde, lames brûlantes, pénétrant la chair déjà consumée. Ce cri dans sa tête, comme un écho des longs mugissements de sirènes de bateaux en partance, la houle aussi des vagues qui de temps à autre la submergent.

Surtout ne dis rien ma fille, disait sa mère. Sage et silencieuse, elle approuve.

Le silence est aujourd'hui la plus sûre de ses armes, son masque, son bouclier.

Elle a appris à se taire, à s'endormir le soir, comblée de silence.

Appris aussi à baisser les yeux, devant son père, ses frères qui se détournent à son approche, de peur de lire sur son visage la trace de ses nuits, de sentir sur elle l'odeur de l'homme.

L'homme est là, couché près d'elle. Il est là, masse écrasante de sang et de chair, les mains ouvertes. Elle, le corps tendu dans l'effort, ne pas bouger, se fermer, se dissoudre, se ramasser en un bloc de haine, chaleur répulsive de ce corps endormi, trop proche, lambeaux de nuit sous ses paupières baissées, arrêter le battement trop fort de son cœur, la haine encore, à fleur de peau, frémissements incoercibles, attendre le jour, miettes de lumière à travers les rideaux baissés, se délivrer de l'ombre, lui échapper.

Chaque matin, dans l'eau claire, elle efface de son corps, à s'en écorcher la peau, l'odeur trouble qui le corrompt.

Il est venu un jour et vous m'avez donnée à lui.

Un jour, dit-elle, je partirai.

Les fenêtres sont hautes et les portes sont fermées. Les bruits de la ville tout près, de l'autre côté des murs. Les femmes qui portent des robes légères, de l'autre côté des murs. Les hommes qui marchent, le bruit de leurs pas lourds qui martèlent les heures étales, le halètement des chiens, le grondement lointain et inlassable dans les artères de la ville, la palpitation lente des jours qui se confondent, la nuit qui tombe de tout son poids, l'espoir farouche, l'espoir dressé au centre de son être, oui, un jour je partirai.

Elle attend maintenant.

Ses jours sont lents, immuables. Tout le jour elle écoute les bruits de la ville, tout près, et dans les détours de sa mémoire docile, recrée indéfiniment le monde à elle seule interdit.

Elle n'a pas oublié, elle n'a rien oublié des rues de la ville. Elle pourrait, les yeux fermés, parcourir les ruelles étroites de la ville basse et blanche, dédales obscurs, malodorants, si propices parfois pour les jeux interdits. Elle retrouve dans la mémoire de ses mains, les aspérités familières des vieilles pierres, la fraîcheur inattendue des murs à l'intérieur des longs couloirs déserts, derrière les portes jamais fermées des maisons de son quartier. La nuit, elle reconnaît l'obstination sauvage du vent venu de la mer et qui s'acharne sur la ville en furieuses étreintes. L'odeur, reconnaissable entre toutes, poissons éventrés, algues putrides, pétrifiées, l'odeur du vieux port, relents pestilentiels de mazout s'exhalant dans les soirs d'été, si forts qu'il fallait fermer les fenêtres, malgré la chaleur, et même en fermant, l'odeur, présente partout au cœur de sa vie.

Maintenant toutes les fenêtres sont fermées, mais l'odeur se glisse parfois jusqu'à elle, comme un appel, comme un ailleurs toujours possible.

Parfois, elle sort ; il est là, il l'attend. Devant lui, elle recouvre son corps d'une lourde étoffe noire, opaque et ne laisse voir de son visage que la fente vive des yeux. Elle entend sur son passage les murmures de celles qui ont peur d'avoir un jour à lui ressembler. Leurs regards pleins de pitié ou de haine, devant ce corps fantôme, cette ombre d'ombre muette et dérangeante, une tache noire dans les rues éclatantes et baignées de la douceur de vivre. Elle ne sort jamais seule. Il est là, à quelques pas, il la précède et n'a même pas besoin de se retourner pour savoir qu'elle le suit. Elle pourrait se glisser dans la foule, se laisser emporter par les flots, et se perdre. Elle pourrait s'en aller, mais elle le suit, elle attend, lucide et décidée, elle attend.

Chaque jour elle puise ses forces dans la force de la haine qui grandit au-dedans d'elle, dans son ventre infertile. Elle la berce, elle la protège de ses deux bras refermés, bouche fermée, tendre murmure, elle lui fredonne des chansons d'amour.

Patience mon âme, le jour dessinera bientôt pour nous les cartes de nos dérives, et nous irons à notre tour sous le soleil.

Il ne lève jamais les yeux sur elle, ne prononce jamais son nom. Chaque nuit il la prend. Il n'a jamais vu son corps. Les yeux ouverts dans la nuit, le poids de ce corps sur elle, ce halètement fétide et brûlant, les sursauts de son cœur qui se dérobe, l'homme qui se répand en elle, lucide et silencieuse, elle attend.

Elle épie son souffle. Enchevêtrements de ronces dans sa tête, ses mains sont hérissées de lames effilées, passées au fil de sa haine longuement aiguisée, elle se penche sur lui, il dort, masse repue et encore frémissante, elle se penche sur lui, et soudain la nuit se fracasse dans un cri arrêté.

N'aie pas peur mon âme, plus jamais nous n'aurons peur, le jour se lève à présent, les portes se sont ouvertes, vois comme le jour s'étire dans l'aube à peine trempée de lumière.

Les rues sont désertes et la ville encore endormie, encore glauque et habillée de silence. Et la mer toute proche, qui l'attend, depuis si longtemps, et ses rêves qui se déploient sous ses pieds.

Elle se rassasie de cette vie qu'elle vient de reprendre, qu'elle ne lui a jamais donnée, il est venu un jour et vous m'avez donnée à lui.

Seule sur le chemin, elle danse. La terre s'effrite sous ses pieds nus, suis-moi, mon âme, nous serons bientôt arrivées.
Elle est libre enfin, et son désir s'éparpille au vent frais, s'en va rejoindre les nuages, elle est libre enfin, et sur sa peau affamée retrouve la caresse violente du soleil, il pénètre en elle, ultime offrande, elle va se donner.

Le goût du sel dans sa bouche. Avant même qu'elle n'atteigne le rivage. L'écho de sa course défait le silence. L'écho de ses pas multipliés, le tumulte de son cœur, l'envol soudain des oiseaux effrayés, et puis, déjà perceptible, le martèlement des pas juste derrière elle.

Elle court maintenant. Le battement à ses tempes, un autre cœur dans sa tête, le grondement de son sang, flux et reflux au-dedans d'elle... où puiser encore la force de courir, ses jambes sont des morceaux de bois... la force de courir, brûlure de l'air dans sa gorge, fragments minuscules de feu sous ses paupières, tisons de sable rougeoyants, pointes de feu sous ses pieds, s'il vous plaît, laissez-moi courir, sourire à la mer, de toutes mes forces, l'attendrir, qu'elle s'ouvre, qu'elle me prenne, corps déroulé, infiniment...

« Mes frères, j'ai peine à vous dire ce qui m'a été révélé. Voici venu le temps de la haine et de la mort ! Dieu fasse que je ne sois plus de ce monde lorsque l'heure aura sonné. Sachez, mes frères, que bientôt, un mal à nul autre pareil s'emparera de vous. Dans peu de temps, des hommes viendront. Ils viendront d'encore plus loin que le désert, traversant les mers, les dunes de sable et les étendues de terre arides et sombres. Ils vous envelopperont de leurs paroles et vous les écouterez. Ils se diront vos frères et se mêleront à vous. Vous serez sans méfiance, vous leur ouvrirez votre porte, et sans qu'aucune goutte de sang soit versée, ils s'empareront de votre âme, avant de s'emparer de vos biens, de vos rêves et de vos fils. Ils vous apprendront à haïr ceux qui vous sont aujourd'hui les plus chers et ne répandront que cendres et poussière là où ils seront. Alors, cette terre dont vous êtes pétris ne reconnaîtra plus les siens ! »

Ainsi parlait le vieillard assis au soleil. Une foule de plus en plus nombreuse se pressait autour de lui. Les hommes les plus proches hochaient la tête en silence. Plus loin, dans les ruelles, les enfants avaient suspendu leurs courses joyeuses et désordonnées, et sur la place soudain immobile, le temps semblait s'être figé. Peu à peu, un souffle étrange se répandit au sein même de la foule, pénétra dans les échoppes obscures, se glissa dans les ruelles alentour et traversa les murs de pierre avant de retomber au cœur des vieilles maisons écrasées de soleil.

Le vieil homme maintenant se taisait. L'ombre du turban blanc enroulé autour de sa tête dissimulait en partie ses traits et une nuée de mouches tournoyait au-dessus de lui. Il semblait ne pas les voir, ne pas entendre leur vrombissement presque assourdissant dans le silence qui se prolongeait. Personne ne savait qui il était, ni d'où il venait, mais il ne semblait pas étranger à la ville et les accents rocailleux de sa voix résonnaient en chacun, presque familiers. Était-ce pour cela que tous les passants un à un s'étaient arrêtés pour écouter ses paroles ?

Et puis, l'un des hommes debout au premier rang prit la parole : « Maudits soient les oracles qui ne voient rien d'autre que malheurs et désolation ! Qu'ils arrivent jusqu'à moi ceux qui me feront perdre mon âme et me déposséderont de mes biens ! Allons-nous encore longtemps nous attarder à écouter les divagations d'un vieux fou venu pour semer le trouble et la peur dans nos vies ? N'avons-nous rien de mieux à faire ? Serions-nous déjà des proies faciles pour tous les charlatans et les imposteurs de toutes espèces ? Allons, mes frères, dispersez-vous, que chacun aille vaquer à ses occupations, tout ceci n'est qu'extravagance et délire ! »

Celui qui parlait ainsi n'était autre que le vieux Si Mokhtar, l'imam de la grande mosquée, et à ce titre, l'un des hommes les plus respectés de la ville, l'un des plus riches aussi. À peine reconnut-on sa voix, qu'une onde commença à se propager dans l'assistance, comme si ses paroles avaient rompu enfin un charme. Çà et là, des têtes se redressèrent et des murmures parcoururent la foule si prompte à se laisser circonvenir. D'un mouvement brusque, Si Mokhtar se dégagea des corps pressés contre lui et s'apprêta à quitter les lieux.

Alors le vieil homme immobile leva lentement le bras et désigna du doigt celui qui venait de parler. Une profonde tristesse semblait étreindre sa voix lorsqu'il dit : « Malheur à celui qui ne sait pas ! Malheur à celui qui ne voit pas plus loin que le jour qui se lève sur lui ! Ô vous qui écoutez mes paroles, oubliez l'envie et la haine qui font naître les querelles et protégez-vous de vous-mêmes d'abord ! Cela seul pourra vous sauver ! Que ceux qui le veulent aillent dès à présent édifier des remparts ou fortifier leurs demeures, tout ceci s'effritera comme sable, je vous le dis ! »

Tandis qu'il parlait, le ciel au-dessus de la ville se couvrit brusquement d'un nuage si bas qu'il semblait vouloir se répandre sur le sol. Une soudaine obscurité tomba sur la place et des tourbillons de poussière s'élevèrent qui contraignirent les auditeurs à fermer les yeux et se couvrir le visage pour s'en protéger. La foule se disloqua et l'on vit alors les hommes accablés et songeurs se détourner un à un et regagner leurs demeures, où les femmes cloîtrées depuis une époque immémoriale n'avaient rien entendu d'autre que la rumeur toute proche de l'orage en suspens sur la ville.

Le vieillard resta encore longtemps assis au milieu de la place, sans faire un geste pour chasser les mouches qui maintenant grouillaient autour de lui dans une sorte de sarabande bruyante et étonnamment régulière. Puis il se leva et ramena sur sa poitrine les pans de son burnous de laine blanche. Il parcourut du regard la place maintenant sombre et déserte, et s'appuyant sur sa canne noueuse se mit lentement en marche en direction de la grande route qui menait vers la ville voisine.

La première nuit fut longue et parcourue de rêves étranges, déroutants. L'orage se dissipa comme il était venu, sans bruit, laissant à peine quelques gouttes de pluie derrière lui, si discrètes qu'on ne les entendit pas.

Au matin, le visage creusé par les longues heures passées à attendre le sommeil et à essayer de chasser l'inquiétude insinuée dans les cœurs, l'on se retrouva sur la place, encore sous l'emprise de sentiments confus dont personne n'arrivait à déceler l'exacte nature. Et chose surprenante, tous les habitants de la ville, même ceux qui ignoraient tout de la terrible prophétie, se sentaient en proie au même tourment. Ce matin-là, personne n'évoqua la harangue du vieil homme, mais chacun de ses propos résonnait encore sur la place avec une telle force que l'air semblait empli d'un bruissement incessant.

Quelques jours s'écoulèrent encore sans que rien changeât en apparence dans le comportement des hommes et des femmes de la ville. On commerçait, on se livrait aux besognes habituelles, puis on se retrouvait sur la place, aux mêmes heures, pour les mêmes palabres creux avant de rentrer chez soi, en évitant soigneusement toute allusion à cette sourde menace que chacun, à son corps défendant, sentait planer sur sa vie et celle des siens.

Cependant, avec une acuité nouvelle, tous essayaient de déchiffrer les signes. Présage que ce ciel d'un bleu immuable dégagé de tout nuage que les paysans des contrées avoisinantes scrutaient désespérément ? Et ces nuées de poussière qui s'abattaient régulièrement sur la ville, comme soulevées par le galop d'une multitude de cavaliers invisibles sans qu'aucun vent soit perceptible ! Quel sens aussi donner à ces rêves qu'on essayait d'oublier, d'enfouir tout au fond de soi jusqu'au jour où l'on s'aperçut avec stupeur, en écoutant le marchand d'épices sur la place, que tous étaient hantés par les mêmes visions d'horreur, des visions terrifiantes de corps écartelés, décapités, de femmes violentées et d'enfants mutilés.

La confusion était si grande que c'est à peine si l'on remarqua que la ville se peuplait chaque soir à la tombée de la nuit, de petits groupes d'hommes qui se joignaient aux fidèles à l'heure de la prière. Ils revenaient chaque jour, si discrets, si respectueux qu'on finit par s'habituer à leur présence. Ils parlaient la même langue et rien, ni dans leurs vêtements ni dans leurs propos, ne les distinguait des habitants de la ville. Des hommes irréprochables, pour la plupart commerçants aisés, affichant une très grande culture religieuse et qui à ce titre réussirent à s'introduire rapidement dans les affaires de la ville puis à s'y installer sans que personne songeât un seul instant à s'en alarmer. Bien au contraire, leur sagesse et leur pondération ostensibles tranchaient tellement avec le désarroi ambiant qu'on prit même l'habitude de les consulter et bientôt leurs appréciations et leurs jugements prirent force de loi. Ils firent si bien qu'ils se confondirent totalement avec les habitants et beaucoup s'allièrent aux plus grandes familles de la ville en épousant leurs filles.

Et pendant ce même temps, chaque soir, à la tombée de la nuit, le ciel renvoyait les échos lugubres des cris des vautours tournoyant au-dessus de la ville, en attente, et les glapissements des chacals tout proches.

Peu à peu, la peur s'installa, pesant de toute sa violence sur chaque mot prononcé, sur chaque geste épié, et avec elle, la défiance, la suspicion. Très vite, il fallut trouver les moyens de l'exorciser, de la combattre. Les invocations à Dieu se firent plus ardentes, les hommes furent plus nombreux dans les mosquées et l'on érigea en hâte de nombreux lieux de culte qui se révélèrent trop exigus pour contenir la foule des nouveaux fidèles qui ne cessait de s'accroître. L'on dut prier dans les rues avoisinantes en tendant l'oreille pour écouter les sermons, de jour en jour plus convaincants, de jour en jour plus menaçants. Oui, c'est parce que tous les hommes de la ville s'étaient détournés de la parole divine qu'un juste châtiment leur était réservé ! Les paroles du vieil homme furent interprétées, commentées, grossies d'une multitude de détails tellement extravagants qu'ils en parurent vraisemblables. On tint des débats houleux sur la signification cachée de chaque mot de l'oracle, et l'on assista parfois à des empoignades sanglantes entre ceux qui croyaient à la prophétie et ceux qui n'y croyaient pas. Toute paix avait fui et les voix des hommes qui n'étaient pas atteints par cette hystérie collective furent naturellement étouffées.

Le mal était là, dans la ville. Il ne pouvait y avoir de doute. Il fallait seulement découvrir sous quelle forme il se cachait. Ce fut chose facile dans une ville aux mœurs si rigoureuses. Il suffisait tout simplement de le chercher là où il avait toujours été. C'est ainsi que quelques femmes d'abord, de celles qu'à tort ou à raison on accusait de faire commerce de leur corps, furent désignées à la vindicte populaire. On ne tarda pas à allumer les bûchers sur lesquels, victimes expiatoires, elles furent immolées. On découvrit aussi, à l'orée de la forêt, non loin de la ville, plusieurs corps de femmes nues et atrocement mutilées, mais tous reconnurent que celles qui avaient osé s'exposer en bravant des lois séculaires, méritaient bien ce sort. Néanmoins, cela ne suffit pas à éteindre la haine qui maintenant embrasait tous les cœurs.

Les exégètes réexaminèrent les propos de l'oracle. Ils rappelèrent alors qu'il y était clairement dit que le mal devait venir des étrangers, c'est-à-dire de ceux qui ne parlaient pas la même langue et n'adoraient pas le même Dieu. On en trouva : les impies furent pourchassés, exécutés au milieu de la place, sous les acclamations de la foule en délire, à l'endroit même où le vieillard avait prononcé les paroles fatidiques. Mais cela ne suffit pas à ramener la sérénité dans la ville. Il fut donc décidé d'éliminer tous ceux qui ne se conformaient pas aux nouvelles lois établies par les nouveaux maîtres de la ville, à la fois gouvernants et juges. On établit des listes qui furent affichées aux portes des mosquées et on confia cette mission sacrée à des jeunes gens aguerris et dûment entraînés à ne pas frémir devant les spectacles les plus atroces, car il fallait éradiquer le mal, quel qu'en fût le prix à payer.

Ce fut l'ère de l'exode, de la délation et pour un grand nombre, l'ère aussi des règlements de comptes. La ville se dépeuplait. Abandonnant tous leurs biens, des familles entières fuirent les exactions et se réfugièrent dans les villes voisines où, parquées dans des camps hâtivement aménagés, elles essayèrent de survivre tant bien que mal. On dénonçait son voisin, son ami, son père ou son frère avec le sentiment ineffable de sauver ainsi son âme et de participer à la purification par le fer et par le sang.

Pendant ce temps, dans les contrées voisines, on s'émerveillait de ce que les paroles d'un illuminé eussent produit un effet bien plus dévastateur qu'une armée fortement équipée et résolue. Les plus éminents spécialistes de la question se penchèrent sur ce phénomène proprement incroyable et décidèrent de suivre avec attention l'évolution de la situation avant d'émettre un avis. Certains, avec quelque inquiétude, firent remarquer que ledit phénomène risquait de se propager si l'on n'y prenait pas garde. On ne tint pas compte de leurs prédictions alarmantes, jugées même par certains, ridicules, et on continua à observer de loin le champ d'expériences inédites qu'était devenue cette ville autrefois si paisible.

Chaque matin ramenait les hommes sur la place. Mais ils étaient de moins en moins nombreux. Plus aucun conteur ne venait dire ses histoires, ils avaient tous disparu. Plus aucun chant ne venait réjouir les cœurs et illuminer le jour. On avait fait taire la voix des plus vaillants poètes et seules les mélopées funèbres brisaient le silence des nuits. Les hommes atterrés par tous les malheurs abattus sur la ville n'osaient plus parler et regagnaient bien vite leurs demeures, le pas lourd et l'âme tourmentée.

Les hommes regagnaient leurs demeures où les attendaient leurs femmes, leurs mères, leurs sœurs et leurs filles tenues encore plus étroitement enfermées depuis le début de cette ère funeste. Anxieuses et impuissantes, elles accouraient aux nouvelles, poussant de longs hurlements et se déchirant le visage lorsque la porte s'ouvrait sur un cortège d'hommes silencieux ramenant le corps sans vie de leur époux, de l'un de leurs fils ou de leurs frères, ou bien celui de leur père. Nombre d'entre elles perdirent ainsi la raison, et l'on vit bientôt d'étranges créatures, hirsutes et dépenaillées, parcourir les rues de la ville à la recherche désespérée des fantômes qui les hantaient. Dans les cimetières qui s'étendaient maintenant au-delà des vieux murs de la ville, le vent faisait claquer les voiles noirs et blancs des visiteuses éplorées, venues trouver quelque réconfort dans la compassion et les larmes d'autres veuves, d'autres mères, d'autres orphelines.

Certaines durent vite sécher leurs larmes. Il fallait, malgré la souffrance, continuer à vivre. Ou plutôt apprendre à vivre, sans le soutien et sans la présence jusqu'alors indispensables et irremplaçables croyait-on des hommes. C'est qu'il n'y avait plus assez de mâles pour prendre en charge la détresse des femmes seules et des enfants sans père. Beaucoup s'étaient exilés pour échapper à la curée et ne pouvaient envoyer de loin les subsides nécessaires. Des familles entières se retrouvèrent démunies de tout soutien et l'on dut réfléchir aux moyens de leur venir en aide. Les notables tinrent conseil et, en accord avec les prescriptions religieuses, obligation fut faite aux veuves d'accepter de reprendre mari, en qualité de seconde, voire même de troisième épouse. Solution qui provoqua des réactions fort éloignées, allant de la plus grande satisfaction à la révolte la plus véhémente.

Ce fut alors qu'il se produisit un événement tel qu'on n'en avait jamais vu, de mémoire d'homme. On ne sut jamais quelles en furent les instigatrices. À l'heure où tous les hommes de la ville se rendaient à la mosquée pour la prière du soir, des femmes de tous âges sortirent seules de leur maison, certaines pour la première fois de leur vie, et en longs cortèges vivants et colorés se dirigèrent vers la place de la ville pour exprimer leur colère, leur refus de se soumettre à cette obligation jugée inique, humiliante. Grisées par leur audace, elles saisirent là l'occasion de dire aussi tout haut leur désir de mettre fin aux larmes, au désespoir et à la peur. Et leurs cris trop longtemps contenus firent trembler les murs de la ville enfin réveillée.

Tout d'abord stupéfaits, les hommes s'écartèrent pour laisser ce flot déferler sur la place encore envahie de lumière. Les enfants ravis de ce bouleversement venu briser la tristesse qui depuis si longtemps rongeait leurs jours, se joignirent à leurs mères et donnèrent libre cours à leur exubérance. Il y avait là des épouses meurtries par la perte de leur mari, leur unique rempart contre l'intolérance d'une société encrassée par des traditions millénaires ; des mères atteintes au plus profond de leur chair par la récente disparition d'un ou de plusieurs de leurs fils, disparition inacceptable parce qu'incompréhensible ; d'autres femmes encore, simplement solidaires, dressées contre la barbarie, l'injustice et la tragique crédulité du sexe fort ; et puis, ramenant leurs voiles sur leur visage de peur d'être reconnues par leur mari, se dissimulant de leur mieux au milieu de la foule bruyante, toutes celles qui n'acceptaient plus de se taire et qui, au risque de tout perdre, étaient venues grossir les rangs de cette incroyable mutinerie.

Très vite, les insultes et les quolibets fusèrent. Les menaces aussi. Des jeunes gens apostrophèrent ces femmes éhontées en termes grossiers destinés à les atteindre au plus vif. Un mot d'ordre courut aussitôt dans les rangs du défilé : continuer à marcher, ignorer les provocations, et surtout ne pas se laisser intimider. Peu à peu, la marche des femmes dans la ville s'organisa et quelques-unes d'entre elles se découvrirent des dons insoupçonnés de meneuses. Sur leur passage, les portes des maisons s'ouvraient et des jeunes filles en sortaient, vives et radieuses, encouragées par les applaudissements de la foule. Et lorsqu'elles arrivèrent sur la place, elles étaient si nombreuses que les marchands ambulants submergés durent précipitamment plier leurs étals et se réfugier à l'intérieur des boutiques dont les rideaux furent baissés tout aussi précipitamment.

Sur un geste de la première des femmes arrivées sur la place, le silence se fit. Attentives, les hirondelles alignées sur les toits cessèrent leur gazouillis pendant que se levait une légère brise juste assez forte pour chasser les rares nuages dans le ciel et apporter un peu de fraîcheur dans la fin de ce jour d'été suffocant.

Face aux femmes maintenant immobiles et toutes silencieuses, les hommes massés devant la porte de la grande mosquée se consultaient tout bas pour convenir des mesures à prendre ; il fallait arrêter cette sédition avant qu'elle ne prenne une tournure trop sérieuse. Il était de leur devoir de calmer ces femmes visiblement décidées à investir un espace qui n'était pas fait pour elles, de les ramener à la raison en les invitant avec fermeté mais sans brusquerie à rentrer chez elles. Lequel d'entre eux serait assez habile et assez sage pour trouver les mots qui sauraient les convaincre ? Personne ne se sentait réellement le courage d'affronter un si grand nombre de femmes à la fois et les conciliabules se prolongèrent, augmentant encore la tension qui régnait dans leurs rangs.

On se souvint alors du vieux Si Mokhtar, l'imam de la mosquée, celui qu'on n'écoutait plus depuis le début de l'ère nouvelle parce que seul, il avait osé défier l'oracle. Il avait été très vite remplacé, à la demande générale, par d'autres prédicateurs, plus jeunes, plus fougueux, qui savaient, eux, trouver les mots capables de fouetter la ferveur des fidèles et d'arracher des larmes aux plus sceptiques. On le fit chercher, et il ne tarda pas à apparaître sur la place toujours occupée par les femmes qui le saluèrent respectueusement. Ce fut cependant vers les hommes qu'il se tourna, et à eux qu'il s'adressa en ces termes : « Mes frères, sachez qu'il m'a fallu bien du temps pour comprendre les paroles du saint homme que, dans mon emportement, j'ai eu l'audace de traiter de fou ! Qu'il veuille bien me pardonner s'il m'entend de là où il est ! Je sais aujourd'hui qu'il est temps pour nous d'accomplir la prophétie. Quelqu'un se souvient-il encore des recommandations du vieux sage ? Ne vous a-t-il pas demandé d'oublier vos querelles et la haine qui vous dresse les uns contre les autres ? Sans savoir d'où il venait, vous avez laissé le mal pénétrer en vous et vous seuls pourrez l'en extirper. Il vous faudra pour cela chercher d'autres moyens que ceux qui vous ont été inspirés par les hommes qui se disent vos frères. C'est à ce seul prix que vous pourrez retrouver la sérénité, le bonheur de vivre et cette paix que de vos propres mains vous avez anéantie ! » Sur ces mots, il s'en retourna comme il était venu, laissant derrière lui les hommes perplexes et silencieux.

Les femmes avaient suivi avec attention les propos du vieil imam. Quelques-unes d'entre elles, jugeant sans doute qu'il fallait laisser aux hommes le temps de réagir, commencèrent même à se détacher de la foule pour rentrer au plus vite chez elles. Mais le flot ne se défit pas. Toutes les autres resserrèrent les rangs, et bien déterminées à ne pas céder un seul pouce du territoire qu'elles venaient de prendre, s'installèrent plus commodément, étalèrent leurs voiles sur le sol pour pouvoir s'asseoir. Et ce fut tête nue qu'elles affrontèrent les regards outragés de leurs concitoyens.

L'inquiétude et la colère grandissaient parmi les hommes. Allait-on permettre plus longtemps de telles impudences ? Qui sait jusqu'où pouvaient aller ces femmes dans leur hardiesse ? Se reprochant leur faiblesse mutuelle, les hommes tout autour de la place en vinrent à s'insulter et le tumulte s'installa. Dans les dernières lueurs du jour, on vit soudain des ombres gesticuler et se collecter brutalement.

Du milieu de la place, s'éleva alors un chant, une voix douce et fragile, hésitante d'abord, puis de plus en plus ferme, comme pour s'élancer vers la nuit. Et l'on reconnut bientôt un air oublié depuis des lustres, un air lointain et familier, si tendre, si déchirant que le tumulte cessa de lui-même et que tous sentirent s'éveiller tout au fond d'eux une étrange palpitation, venue du plus profond de leur mémoire. D'autres voix se joignirent à la première et le chœur des femmes se déploya jusqu'au ciel tout là-haut et se répercuta d'étoile en étoile.

Longtemps les femmes chantèrent et les hommes autour d'elles, retrouvant leur âme, s'oublièrent à les écouter. Et la nuit, somptueuse et douce, sur eux se referma.

Au matin, un vieil homme assis au milieu de la place déserte et inondée de soleil, se releva lentement et s'appuyant sur sa canne noueuse, se mit en marche vers l'occident et disparut peu à peu dans le poudroiement du chemin.

TABLE

Préface, 11

Le cri, 15
Dans le silence d'un matin, 21
Un jour de juin, 43
Sofiane B, vingt ans, 69
« Croire, obéir, combattre », 95
Corps indicible, 97
Et si on parlait d'autre chose ?, 111
La Marieuse, 129
Quand il n'est pas là elle danse, 143
L'oracle, 157

*Cet ouvrage a été composé
par l'Imprimerie Bussière
et imprimé sur presse Cameron
dans les ateliers
de Bussière Camedan Imprimeries
à Saint-Amand-Montrond (Cher)
en mars 1998
pour le compte des Éditions Grasset
61, rue des Saints-Pères, 75006 Paris*

N° d'édition : 10710. N° d'impression : 341-98000768/4.
Dépôt légal : mars 1998.

Imprimé en France

ISBN 2-246-56571-5